KB123669

테이밍마스터 51

2022년 1월 17일 초판 1쇄 인쇄
2022년 1월 20일 초판 1쇄 발행

지은이 박태석
발행인 김정수 강준규

기획 이기헌 왕소현 박경무 강민구
책임편집 천기덕
마케팅지원 배진경 임혜솔 송지유 이영선

발행처 (주)로크미디어
출판등록 2003년 3월 24일
주소 서울시 마포구 성암로 330 DMC첨단산업센터 318호
Tel (02)3273-5135 **편집** 070-7863-0307 Fax (02)3273-5134
홈페이지 rokmedia.com E-mail rokmedia@empas.com

ⓒ 박태석, 2016

값 8,000원

ISBN 979-11-354-6830-8 (51권)
ISBN 979-11-5960-986-2 04810 (세트)

CONTENTS

폐쇄된 광산

Taming Master

폐쇄된 광산은 확실히 천공의 광산 초입과 구조부터가 달랐다.

　여기서 '구조'란 지형지물을 얘기하는 것이 아니다.

　천공의 광산 초입이 오로지 퀘스트 진행을 위해 만들어진 필드라면.

　이 '폐쇄된 광산'부터는 수많은 몬스터가 등장하는 일반 오픈 필드와 비슷한 형식이었으니까.

　"음, 시작부터 으스스한데……."

　"저쪽에 벌써 몬스터가 보이는데요?"

　"어, 어디?"

　"저기…… 날개 달린 인간형 몬스터가 있는 것 같은데……."

그리고 이 안에 처음 들어온 이안 일행은 처음 나타난 몬스터를 확인하고는 경악을 금치 못했다.

몬스터들의 레벨이 높아서가 아니었다.

레벨은 오히려 예상보다 낮은 수준이었다.

다만 놀란 이유는…….

—물의 천사(환영) : Lv. 242

"천……사?"

"진짜 천사처럼 생겼잖아?"

몬스터들의 정체가, 생각지도 못했던 것이기 때문이었다.

'천사라니, 이게 말이 되나?'

'천사'라는 존재는 이안조차도 처음 접하는 부류였다.

하지만 중간계 퀘스트를 진행할 때 한 번씩 관련 정보를 접한 적이 있었는데.

그 내용들을 통해 이안이 알고 있는 '천사'들에 대한 정보는 다음과 같은 것이었다.

'천사'들은 오직 '신'들을 섬기기 위해 태어난 존재들이다.

'천사'들은 고귀한 존재들이며, 신을 제외한 그 어떤 존재보다 강력한 신성력을 가지고 있다.

'천사'를 부릴 수 있는 존재는 오직 '신' 뿐이다.

천사는 정순한 신성력이 가득한 곳이 아니라면 존재할 수 없다. 그 때문에 오직 '신계'에만 존재할 수 있다.

그리고 이렇게 알고 있는 사실들 때문에 이안은 이 상황을 납득하기 힘들었다.

'천사가 지상계에……? 뭔가 이상한데.'

그의 지식대로라면 이곳에서 천사들이 발견되는 것은 불가능한 일이었으니 말이다.

그래서 이안은 앞장서 뚜벅뚜벅 걸음을 옮기고 있는 청단을 힐끔 쳐다보았다. 지금의 상황을 이미 알고 있었다는 듯 놀라지 않는 그녀의 표정을 확인하고는 슬쩍 물어보았다.

"청단."

"응?"

"천사들이 어떻게 여기에 존재할 수 있는 거야?"

그런데 이안의 질문이 끝나자마자, 이번에는 청단이 놀란 표정이 되어 반문했다.

"너, '천사'에 대해 알아?"

"음, 조금은……?"

"흠, 확실히 평범한 인간은 아니란 말이지."

인간은 '천사'에 대해 알 방법이 없다.

청단이 알기로 천사의 흔적이 남아 있는 곳은 지상계에서 이곳 폐쇄된 광산이 유일했으니까.

그래서 청단이 놀란 것은 당연했고…….

'이 녀석의 정체가 뭔지 알아봐야겠어.'

그런 그녀를 향해 이안의 재촉이 이어졌다.

"내 질문에나 대답해 줘."

"아, 그래. '천사'를 알고 있는 것 같으니 내가 아는 것들을 조금 알려 줄게."

이안의 도움 덕에 서리 뿔 누크를 처치했기 때문인지, 이안에 대한 청단의 호감도는 꽤 높은 편이었다.

그래서 그녀는 흔쾌히 이야기를 풀기 시작하였다.

"그러니까 결론부터 말하자면, 네 말처럼 지상계에 천사가 존재할 수는 없어."

"그래? 그럼 저 녀석들은…….”

멀찍이 보이는 천사들을 한 번 힐끔 응시한 청단이 다시 천천히 말을 이었다.

"저들은 단지 신력이 다해 소멸한 천사들의 껍데기일 뿐이야."

"껍데기……?”

"신력이 다하여 소멸했어야 함에도 불구하고……. 어떤 신들의 의지에 의해 억겁의 시간 동안 이곳을 지키게 된 불쌍한 존재들이지."

이어서 황금빛 창대를 휙 돌려 잡은 청단이, 한마디를 덧붙이며 걸음을 떼었다.

"그러니까 너무 걱정하진 마. 저 녀석들은 진짜 천사들에 비해서는 훨씬 약한 친구들이니까."

이안이 고개를 주억거렸다.

"뭐, 레벨만 봐도……."

하지만 청단의 말은 거기서 끝이 아니었다.

"그래도 너무 얕보지는 말고. 어쨌든 '신력'을 다룰 수 있는 녀석들이니까."

그녀의 마지막 말이 끝나자마자 던전 안쪽에서 진득한 살기가 느껴지기 시작하였다.

'천사'라는 단어에 어울리지 않을 정도로, 이안 일행을 향해 강력한 적대감과 살기를 뿜어내는 천사들.

-이곳을 당장 떠나라, 이방인들이여.

하지만 청단은 전혀 그녀들의 위협에 주눅 들지 않았다.

"내 '친구'가 이 안에 볼일이 좀 있다고 하는데."

-여긴 '허락되지 않은 자'들이 발을 들일 수 있는 곳이 아니다.

"누가 허락하는데?"

-그야…….

하지만 천사의 대답이 끝나기도 전에 청단이 온몸으로 거대한 황금빛 기류를 뿜어내며 그들을 향해 쇄도해 갔다.

타탓-!

"내게 '허락'이란 단어를 쓸 수 있는 존재는 오직 궁주님뿐

이야.”

그리고 이어진 광경은…….

쐐애애액-!

−파티원 '청단'이 고유 능력 '청운비영'을 사용하였습니다.

−전장에 푸른 구름의 그림자가 드리웁니다.

쾅- 쾨쾅-!

−파티원 '청단'이 '물의 천사(환영)'에게 치명적인 피해를 입혔습니다!

−파티원 '청단'이 '물의 천사(환영)'에게 치명적인 피해를 입혔습니다!

……중략……

−파티원 '청단'이 '물의 천사(환영)'를 성공적으로 처치하였습니다!

이안을 비롯한 모든 파티원들의 입을 쩍 벌어지게 만드는 것이었다.

⁂

'폐쇄된 광산'에서 사냥을 시작한 이안 일행은, 두 가지 이유에서 경악하고 있었다.

그 첫 번째 이유는 바로, '청단'의 전투력이 그들이 생각하고 있던 것보다도 훨씬 더 막강해 보였다는 점.

"이게 대체……."

"괴물이야."

"이게 250레벨대의 전투력이라고?"

"혹시 버그인 건 아닐까?"

그리고 두 번째 이유는…….

"다들 뭐 해?"

"넵?"

"우리도 움직여야지."

"아……!"

"버스를 타는 건 좋은데, 승객으로서 최소한의 도리 정도는 해야 할 것 아냐."

"아, 알겠습니다……!"

청단이 너무 손쉽게 상대하는 듯 보였던 이 '천사의 환영'들이, 보기보다 훨씬 더 강력한 존재들이었다는 점이었다.

─감히 인간들이 신들의 권위에 도전하려 하다니……!

"네가 신이야?"

─그, 그건 아니다.

"그럼?"

─하지만 우리는 신의 의지를 대변한다.

천사들은 200레벨 중반 정도에 등급도 '영웅' 등급밖에 되지 않는 꽤 만만해 보이는 존재들이었다.

하지만 그들과 실제로 맞붙어 봤을 때의 체감은…….

　-'물의 천사(환영)'이 고유 능력 '천뢰'를 발동합니다.

지지직-

쾅- 콰쾅-!

　-'물의 천사(환영)'이 고유 능력 '천사의 기도'를 발동하였습니다.

　-강력한 마법 피해를 입었습니다!

　-'물의 천사(환영)'의 생명력이 5%만큼 회복됩니다.

　-'물의 천사(환영)'의 생명력이 5%만큼 회복됩니다.

'뭐야. 뭐가 이렇게 강해?'

예상했던 것보다 최소 몇 단계 위의 난이도라고 할 수 있었다.

콰콰쾅-!

천사들이 손을 휘저을 때마다 허공에서 벼락처럼 내리꽂히는 강력한 뇌전의 다발.

"으아……!"

"이거 맞으면 그대로 골로 간다!"

"쿠반! 너도 막을 생각 하지 마!"

그것들을 피해 내며 전투하는 것은 여간 힘든 일이 아니었다.

그런데 한술 더 떠서 녀석들은 좀비처럼 질긴 생명력까지 가지고 있었다.

"미친! 저만큼 피해를 그대로 다 회복해 버린다고?"

"루이사! 뒤로 빠져!"

"우리 회복 감소류 스킬 가진 사람 없지?"

"와, 이거 좀비들이 따로 없잖아!"

만약 청단이 없이 이곳 '폐쇄된 광산'에 들어왔다면 이안 일행은 1시간도 채 버티지 못하고 사냥터에서 도망 나왔을 수준.

그 때문에 이안의 일행들은 도무지 지금 상황을 이해할 수 없다는 표정이었다.

"이거 어떻게 하지?"

"한 놈씩이라도 천천히 사냥해 보자."

"그냥 청단을 서포팅하는 게 낫지 않을까?"

"와 씨, 이럴 거면 레벨이랑 등급은 왜 달아 놓은 거야?"

오직 '신력'에 대한 정보를 가지고 있는 이안만이 이 상황 속에서 어떤 힌트를 찾기 위해 열심히 머리를 굴리고 있을 뿐이었다.

'신력이라……. 역시 거기에 해답이 있는 건가?'

정신없이 천사들을 상대하면서도 이안의 시선은 청단의 전투를 힐끔 힐끔 응시하고 있었다.

그녀가 어떤 식으로 천사들을 상대하는지 보다 보면, 이들이 사용한다는 '신력'에 대한 정보를 얻을 수 있을지도 모른다고 생각했기 때문이었다.

'이 천사들이 등급과 레벨에 비해 강력한 이유가 신력 때문이라면…… 청단의 이해할 수 없는 전투력도 신력과 관련된 부분일 테지.'

그리고 이렇게 그들의 전투를 관찰한 결과.

"오호!"

이안은 재밌는 사실을 한 가지 발견할 수 있었다.

'저 스파크처럼 사방으로 튀는 황금빛 이펙트가…… 혹시 신력과 관련되어 있는 것은 아닐까?'

처음 청단이 창을 휘두를 때.

그 창끝에서 번개처럼 튀어 나가는 황금빛 이펙트를, 이안은 그저 청단의 고유 이펙트라고 생각했었다.

그녀의 장비 자체가 황금빛으로 번쩍번쩍 빛나는 창이었으니.

이펙트도 그에 맞춰 어울리는 효과가 설정되어 있다고 생각했기 때문이었다.

하지만 자세히 살펴보니, 천사들의 공격에도 거의 같은 이펙트가 묻어나는 것을 확인할 수 있었다.

지직- 지지직-!

청단의 창이 황금빛인 것과 달리, 천사들의 창날은 영롱한 푸른 빛깔임에도 불구하고 말이다.

'그러고 보면 내 요정왕의 활도 비슷한 이펙트를 만들어 냈던 것 같은데…….'

생각이 여기까지 미친 이안은, 오랜만에 인벤토리를 열어 장착 중이던 요정왕의 활을 살펴보았다.

그런데 다음 순간.

"어……?"

뭔가 처음 보는 것을 발견한 이안의 두 눈이 크게 휘둥그 레졌다.

 -요정왕의 활(신격 각성)

요정왕의 활 아이템의 정보 창에, 이제껏 보지 못했던 새 로운 문구가 추가되어 있었으니 말이다.

 -조건이 충족되어, 무기를 일시적으로 '신격 각성' 상태로 사용 할 수 있습니다.

 -'신격 각성'을 발동할 시 무기는 더욱 강력한 위력을 발휘하며, 더 많은 신력을 소모하게 됩니다.

문구를 확인한 이안은 뭐에 홀리기라도 한 듯 곧바로 '신격 각성'을 발동시켰다.

　　-'신격 각성'이 발동되었습니다.
　　-'요정왕의 활'에서 강력한 신성력이 휘몰아칩니다.

　이어서 곧바로 활시위를 당긴 이안은, 루이사와 혈투를 벌이고 있는 천사를 향해 활을 쏘아 내었으며.
　핑- 피피핑-!
　다음 순간 경악한 표정이 될 수밖에 없었다.
　콰아아앙-!

　　-'물의 천사(환영)'에게 치명적인 피해를 입혔습니다!
　　-'물의 천사(환영)'에게 치명적인 피해를 입혔습니다!
　　……중략……
　　-'물의 천사(환영)'를 성공적으로 처치하였습니다!

　이제까지는 아무리 활을 쏘아 대도 제대로 된 피해를 입히기도 힘들었던 천사의 환영이.
　단 한 번의 연사에 적중된 것으로 처치되어 버렸으니 말이다.
　"이, 이게……!"

물론 방금 전의 녀석은 이미 파티원들의 협공으로 인해 생명력이 절반 이하까지 떨어져 있던 상태였다.

하지만 그런 것을 감안하더라도…….

'이건 말도 안 되는 위력이야.'

방금 이안의 화살 끝에서 터져 나온 파괴력은, 아무리 최소로 잡더라도…….

이제까지 이안이 사용하던 궁술의 2배 이상의 위력이라고 할 수 있었다.

이안은 이해하기 힘들었다.

'아무리 신격이 특별한 콘텐츠라고는 하지만…….'

지금 이 상황에 대해 말이다.

핑- 피핑-!

-'신성한 물의 장벽'이 파괴되었습니다.

-'물의 천사(환영)'를 성공적으로 처치하였습니다!

-'물의 천사(환영)'를 성공적으로 처치하였습니다!

'신격 각성'이라는 갑자기 발견된 아이템 버퍼.

그리고 그것을 발동시키자마자 기하급수적으로 강력해진 이안의 공격력.

"대, 대박……!"

"이안 님, 갑자기 어떻게 된 거예요?"

그것은 가히 상식을 파괴할 만한 수준이었으니 말이다.

"이 정도 화력이면 순식간에 다 쓸어버릴 수 있겠어!"

물론 좋은 게 좋은 거라고는 하지만, 이렇게 밸런스가 붕괴될 정도의 전투 버프는 이해하기 힘들었다.

아무리 신력과 관련된 히든 버퍼라 하더라도, 단일 버프가 단숨에 전투력을 1.5배 이상 강화해 주는 것은 말이 되지 않았으니까.

'뭔가 버그라도 걸린 건가?'

놀란 것은 이안과 이안의 일행뿐만이 아니었다.

가장 최전방에서 신나게 천사들과 드잡이를 벌이고 있던 청단 또한 이안의 화살에 담긴 파괴력을 보고는 눈이 휘둥그레졌을 정도.

"이게……?"

하지만 청단이 놀란 이유는, 이안을 따르는 유저들과는 조금 다른 부분에 있었다.

그녀가 놀란 이유는 바로…….

"너, 어떻게 신력을 다루는 거지?"

그 힘이 가진 성질 때문이었다.

"역시 평범한 인간이 아니었나?"

"글쎄."

일단 고민을 멈춘 이안은, 버프를 최대한 활용하여 효율을 극대화하는 데 주력하였다.

'분명 정상적인 버프는 아니야. 쓸 수 있을 때 최대한 써먹어야 해.'

그리고 그 덕분에.

띠링-!

이안 일행은 순식간에 '폐쇄된 광산'의 초입을 깔끔하게 돌파할 수 있었다.

　

－모든 '천사의 환영'을 처치하는 데 성공하였습니다.

－'천신의 봉인 결계'가 약화되었습니다.

　

고오오오-!

새로운 시스템 메시지와 함께, 이안 일행의 시야가 하얀 빛으로 물들었다.

　

－강력한 신성력이 느껴집니다.

　

현정은 LB사에 갓 입사한 막내 기획자였다.

그녀가 LB사 기획 팀에 들어온 것은, 이제 정확히 한 달 전의 일.

처음 입사가 확정되었을 때, 현정은 뛸 듯이 기쁜 마음이었다.

'내가 LB사 기획자라니!'

현정은 게임을 너무도 좋아했고 '게임 기획'이 너무도 하고 싶은 일이었는데.

그 꿈을 무려 세계 최고의 게임 개발사인 LB사에서 시작할 수 있게 된 것이었으니, 기쁘지 않을 수가 없었던 것이다.

업계 최고 수준의 연봉과 복지 또한 어지간한 대기업 사원들에게도 부러움을 살 정도.

"여기, 연봉 계약서입니다, 현정 씨."

"아……! 감사합니다."

"그리고 이 파일에는 사원증만 있으면 제공받을 수 있는 복지에 대한 내용들이 정리되어 있으니, 시간 나실 때 한 번 쭉 읽어 보세요."

"감사합니다, 팀장님!"

특히 호텔 스위트 룸 같은 신축 기숙사까지…….

전 직원에게 제공해 주는 LB사의 복지 시스템은 어떤 회사에서도 볼 수 없는 수준의 복리후생.

만년 취준생의 신분이었던 현정으로서는 감격스럽지 않을 수 없는 일이었다.

'크……! 이게 꿈이야, 생시야?'

그래서 현정은 출근 첫날부터, 아주 의욕적이고 열정적으로 업무를 배우기 시작했다.

"현정 씨, 이거 데이터 좀 정리해서 뽑아 주세요. 인수인계는 받았죠?"

"아, 이미 파일에 정리해 뒀습니다!"

"헉, 벌써요?"

"바로 가져올까요?"

"아, 아닙니다. 그냥 제 책상에 올려놔 두세요."

"알겠습니다, 팀장님!"

하필 기획 7팀에 배정받은 신입을 안타까워하는 시선(?)들도 몇몇 있었지만…….

"어이, 인턴!"

"앗! 윤 대리님!"

"정직원 전환됐다면서?"

"네!"

"축하해, 하하! 우리 다음에 카페테리아에서 커피나 한잔하자고."

"감사합니다. 대리님 덕분이에요."

"하핫, 현정 씨가 일을 워낙 잘해서 잘된 거지, 뭐."

"헤헤, 감사합니다."

"그런데 현정 씨."

"네?"

"현정 씨 팀은 어디야?"

"저, 기획 7팀입니다!"

"기획…… 7팀……?"

"혹시, 무슨 문제라도 있나요?"

아직까지는 딱히 그러한 우려들이 체감될 수준은 아닌 듯했다.

"하, 하하…… 사실 기획 7팀이, 기획 팀 안에서도 해병대 같은 곳이거든."

"해, 해병대요?"

"하필 배정을 받아도 7팀이라니……."

"그, 팀원들은 다들 좋은 분들이시던데요?"

"그야 물론이지. 7팀 친구들이 다들 실력도 좋고 사람도 좋아."

"그럼 해병대라는 말씀은……."

"업무량."

"……!"

"현정 씨 기숙사 신청했다고 했지?"

"네, 네넵."

"잘했어. 어차피 한동안은 집에 가기 좀 힘들 거야."

"……."

'기획 팀의 해병대라고? 일이 꽤 많긴 하지만, 그 정도는 아닌 것 같은데…….'

하지만 입사한 지 정확히 3일이 되었을 때.

현정은 모든 것들을 전부 이해할 수 있게 되었다.

"현정 씨, 오늘 내로 파트 3 에피소드 작업 끝나야 하는 거 알지?"

"넵, 팀장님!"

대체 이 회사가 사원에게 왜 그렇게 많은 연봉과 복지를 제공하는지.

그리고 인턴 시절 친했던 윤 대리가, 어째서 이곳 7팀을 기획 팀 안의 해병대라고 칭했는지.

'이건…… 족쇄였어.'

그 모든 것들을 완벽히 이해할 수 있게 된 것이다.

"현정 씨, 오늘 당직이지?"

"넵, 대리님."

"오늘은 아침까지 모니터링 잘 좀 부탁해."

"그…… 야간 모니터링을 하면, 밤을 새워야 하는 거죠?"

"…… 원래는 완전히 밤을 새울 필요까진 없어."

"그래요?"

"하지만 오늘은 해야 해."

"흑……."

"현정 씨도 알잖아. 지금 상황이……."

"넵, 열심히 모니터링해 보겠습니다!"

정말 업무 시간 동안 한숨 돌릴 틈도 없이 계속해서 이어지는 업무들.

그리고 그 빡빡한 스케줄로도 모자라서, 야간 근무를 밥 먹듯이 해야 하는 상황들.

'다음 주엔, 하루라도 정시 퇴근이 가능할까……?'

덕분에 정직원이 된 지 이제 고작 3일밖에 되지 않았음에도 불구하고, 현정의 두 눈에는 다크서클이 진하게 걸려 있었다.

지금 그녀의 머릿속에는, 오늘 밤 첫 당직 수행에 대한 걱정뿐이었다.

'제발 혼자 있을 때만큼은 사고가 터지지 않았으면 좋겠는데…….'

어느덧 모든 팀원들이 퇴근한 새벽 1시.

홀로 모니터링실에 앉은 현정은, 야간 모니터링을 시작하였다.

그리고 모니터링실 스크린에 떠올라 있는 것은, 다름 아닌 이안의 플레이 화면이었다.

╬ 鰡 ╬

'천신의 봉인 결계'가 약화되었다는 시스템 메시지 이후.

구구구궁―!

마치 지진이라도 난 듯, 필드 전체가 뒤흔들리기 시작하였다.

"무슨 일이지?"

어떤 페이즈가 시작될지 몰라 긴장한 이안은 주변을 빠르게 둘러보았고.

그런 그를 힐끔 응시한 청단이, 창대를 빙글빙글 돌리며 입을 열었다.

"수천 년이 넘게 깨진 적 없던 결계야."

"뜬금없이 무슨 말이야?"

"네가 방금 균열을 만들어 낸 결계가, 그렇게나 오래된 결계라고."

"……?"

이안을 비롯한 일행들은 영문을 모르겠다는 표정이었고.

그런 그들을 향해 청단이 다시 설명을 시작하였다.

"그 오랜 시간이 지나면서 결계는 이 광산의 일부나 마찬가지가 되어 버렸어. 그렇겠지?"

"듣고 있어."

"광산의 구조물 중 하나가 되어 버린 결계에 균열이 생긴 셈이지."

"흠."

"하중을 지탱하는 대들보 하나가 부서졌는데, 건물에 충격이 없을 수가 있을까?"

구궁- 구구구궁-!

장난기 어린 청단의 표정을 확인한 이안은, 고개를 절레절레 저었다.

어떤 정보라도 얻을 수 있을까 싶어 물어본 것이었는데.

청단의 이야기에 딱히 도움되는 정보가 없었으니 말이다.

'그래서 뭐야, 이게 무너지기라도 한다는 건가?'

그리고 이안이 그런 생각을 떠올리고 있던 그때.

청단이 불쑥 한마디를 덧붙였다.

"광산이 무너지면, 우리는 갇히겠지?"

"위험하다는 말을 하고 싶은 거야?"

"맞아."

잠시 뜸을 들인 청단이 진동하는 바윗덩이들을 훑어보며 말을 이었다.

"하지만 동시에 이건 기회기도 해."

"무슨 기회?"

"세인트 크리스털이 숨겨진 광맥을 쉽게 찾을 수 있는 기회 말이야."

청단의 말을 들은 이안의 머릿속이 빠르게 회전하기 시작하였다.

'처음부터 이렇게 말할 것이지, 쓸데없이 왜 이렇게 돌려 말하는 거야?'

청단의 말을 미뤄 봤을 때.

지금의 상황은 분명 어떤 돌발 퀘스트로 이어질 터.

쿠쿵- 콰아앙-!

거대한 바윗덩이 하나가 허공에서 떨어져 내린 순간, 이안은 청단에게 다급히 물어봤고.

"도움을 줄 수 있어?"

"물론이지."

그와 거의 동시에…….

띠링-!

이안의 눈앞에 새로운 시스템 메시지가 떠올랐다.

　-조건이 충족되었습니다.

　-'광맥을 찾아서(히든)(돌발)' 퀘스트가 발동합니다.

이어서 이안의 눈앞에, 기다렸던 퀘스트 창이 스르륵 하고 생성되었다.

오늘 당직 근무가 시작되기 전.

"현정 씨, 오늘 당직이라고요?"

"네, 팀장님."

"오늘 모니터링해야 하는 것 알죠?"

"알고 있습니다!"

현정은 '팀장님'으로부터 분명 이런 이야기를 전해 들었다.

"이미 김주임이 전달해 줬겠지만, 오늘 모니터링해야 할 이벤트는 '광맥을 찾아서' 퀘스트예요."

"넵. 기획서 읽었고, 숙지했습니다."

세계 최고의 랭커이자 현존하는 베리타스 서버 최고의 골칫거리(?)인 이안의 퀘스트를 모니터링하는 것이, 오늘 그녀에게 주어진 과제라고 말이다.

"아마 새벽이 되기 전에 광맥을 찾아서 퀘스트가 분명히 발동할 거예요."

"이안이 그 퀘스트를 시작한단 말씀이시죠?"

"그렇습니다."

"만약 퀘스트가 시작되지 않는다면…… 다른 모니터링할 요소가 있을까요?"

"음, 그럴 일은 없을 거예요."

"새벽인데, 이안이 자고 올 수도 있지 않을까요?"

"그럴 리가 없어요."

"……."

"만약 퀘스트가 발동되지 않는다면 그게 베스트이기는 한데……."

"그, 그렇군요."

"아마 그럴 일은 없을 테니, 지금부터 얘기 잘 들어요."

팀장 이준은, 현정에게 모니터링 포인트에 대해 아주 자세히 설명해 주었다.

"일단 이 퀘스트는, '세인트 크리스털 광맥'이라는 찾아서는 안 될 걸 찾는 퀘스트예요."

"찾아서는 안 될 건데 왜 퀘스트가 있는 거죠?"

"아, 정정할게요."

"……?"

"지금 찾아서는 안 되는 걸 찾는 퀘스트라는 표현이 맞겠군요."

"아……!"

이준의 말에 의하면, 세인트 크리스털은 '신격 장비'를 제작하거나 강화하는 데 사용하는 광물이라 했다.

그리고 이 '광맥을 찾아서' 퀘스트는, 바로 이 신규 컨텐츠의 시작 지점에 있는 퀘스트.

"만약 이안이 이 퀘스트에 성공한다면 최소 다섯 개의 '세인트 크리스털'을 얻게 될 거예요."

"그렇군요."

"물론 퀘스트 난이도는 상상을 초월해요."

"이안이 퀘스트 클리어에 실패할 만큼요?"

"하지만 그건 장담할 수 없죠."

"그게 문제로군요."

"바로 맞았어요. 역시 현정 씨는 핵심을 빠르게 캐치한다니까."

여기서 만약 이안이 '세인트 크리스털'을 얻게 된다면 겨우

균형이 맞아 가는 진영 간 밸런스가 역으로 무너질 확률이 높아지니.

그것이 바로 기획 7팀에 비상이 걸린 이유였던 것이다.

"사실 퀘스트 클리어까지는 어느 정도 각오하고 있어요."

"그럼 그보다 더 문제가 될 일도 있나요?"

이준이 고개를 끄덕였다.

"있죠."

"어떤 문제가……."

상상만 해도 끔찍한지 잠시 온몸을 부르르 떤 이준이 천천히 다시 말을 이었다.

"만약 이안이 '채굴'에 성공하기라도 한다면……."

"……?"

"그땐, 바로 저한테 전화 주셔야 해요."

"새, 새벽이라도요?"

이준이 다시 한 번 고개를 끄덕였다.

"네, 새벽 3시건, 새벽 4시건…… 무조건요."

* * *

광맥을 찾아서(히든)(돌발)

고대의 북부 대륙 광부들 사이에서는 전설처럼 떠도는 한 가지 이야기가 있었다.

그것은 바로 북부 대륙 어딘가에 '신의 권능'이 담긴 신성한 광물이 매립되어 있는 성스러운 광맥이 존재한다는 것.

혹자는 이것이 인세에 존재하는 그 어떤 광물보다도 고귀한 것으로, 이것을 조금이라도 채굴할 수 있다면 평생 먹고살 돈을 벌 수 있을 것이라는 이야기를 하였고.

그러한 이야기가 퍼져 나가기 시작하면서 수많은 광부들이 너도나도 이 '신의 광물'을 채굴하기 위해 북부 대륙을 뒤지기 시작하였다.

……중략……

하지만 시간이 지나면 지날수록, '신의 광물'에 대한 전설은 점점 잊혀 갔다.

그 누구도.

심지어는 최고의 광부라 불리던 '가르엘 데이라'까지도.

'신의 광물'을 찾겠다고 떠나간 뒤, 오래도록 돌아오지 않았으니 말이다.

다만 가르엘 데이라는 달무리 고원에서 하나의 흔적을 남겼는데, 그것은 바로 훼손된 그의 일기였다.

……중략……

가르엘에 따르면 신의 광물은 분명히 존재하며, 자신은 그것을 두 눈으로 똑똑히 확인하였다고 하였다.

그리고 그의 일기 마지막에는, 다음과 같은 문구가 남아 있었다.

그곳은 신의 하수인들이 지키고 있는 금지된 성역이다.

결코 인간의 발길을 허락하지 않는 곳.

그 때문에 그곳에서 나는 돌아오지 못할 수도 있다.

하지만 나는 그곳으로 다시 향할 것이다.

신의 광물은, 내 목숨과도 맞바꿀 수 있을 만큼 고귀한 금속이니까.

……중략……

당신은 이곳 폐쇄된 광산에서 '가르엘 데이라'가 남긴 유품을 발견하였다.

이곳에서 그의 흔적들을 좀 더 찾아보도록 하자.

그가 남긴 모든 흔적을 찾아낸다면, '신의 광물'을 얻을 수 있을지도 모른다.

퀘스트 난이도 SSS

퀘스트 조건 : '가르엘 데이라의 유품' 획득

데이라의 곡괭이 (0/1)

데이라의 스카프 (1/1)

데이라의 가죽 가방 (0/1)

보상

신격 +1

기여도에 비례하여 골드와 경험치 획득

'세인트 크리스털' ×3

퀘스트를 수락하시겠습니까?

퀘스트를 전부 확인한 이안은, 새카맣게 먼지가 쌓여 있는 스카프를 천천히 손으로 들어 올렸다.

"이게 '가르엘 데이라'의 스카프로군."

폐쇄된 광산의 봉인이 풀리자마자 지진이라도 난 듯 거대한 진동과 함께 사방에서 쏟아져 내린 바윗덩이들.

그리고 그것을 전부 피해 광산 안쪽으로 들어섰을 때, 광벽의 구석에서 발견된 낡고 꾀죄죄한 한 장의 스카프.

'광맥을 찾아서' 퀘스트는 이안이 그 스카프를 발견한 순간 생성된 퀘스트였고.

그래서 이안은 이 스카프의 주인이 누군지에 대해 어렵잖게 추론할 수 있었다.

'재밌네. 고대의 NPC가 등장한 건가?'

퀘스트 정보를 확인한 이안은 흥미진진한 표정이 되었다.

퀘스트 창 안에서 이안의 시선이 고정되어 있는 곳은 다름 아닌 '데이라의 곡괭이'라는 부분.

'광산 필드에서 퀘스트 아이템이 곡괭이라······. 우연일 리는 없고.'

카일란에서 닳고 닳은 이안의 촉이, 콘텐츠 파생의 냄새를 맡은 것이다.

'이거······ 노가다의 냄새가 나는데?'

그런데 이안이 이런 생각을 하고 있을 때쯤.

옆에 있던 청단이 그를 상념에서 깨워 주었다.

"가르엘 데이라······. 맞아. 그 아저씨는······ 분명 그런 이름을 가지고 있었지.”

그리고 예상치 못했던 청단의 목소리에 이안의 두 눈은 휘둥그레질 수밖에 없었다.

“그를 알아?”

“물론.”

“어떻게?”

아무리 수많은 퀘스트를 해 온 이안이라 하더라도, 고대의 인물이라는 가르엘 데이라와 청단이 어떤 연결 고리를 가지고 있을 것이라는 생각까지 곧바로 떠올리지는 못했으니 말이다.

“내 잃어버린 ‘청운비영’이 여기에 갇혀 있다는 사실을…… 그 아저씨 덕에…… 알게 됐었으니까.”

“……?”

“우리는…… 서로 돕는 사이였어.”

“돕는다고?”

“나는 그 아저씨가 이 안으로 들어올 수 있도록 도왔고, 그 아저씨는 내가 서리 뿔 누크를 찾을 수 있도록 도왔지.”

청단의 이야기는 조금 더 이어졌고, 이안은 흥미로운 표정으로 그 모든 이야기를 끝까지 들었다.

“사실 서리 뿔 누크가 원래부터 여기에 자리 잡고 있었던 건 아냐.”

“그래?”

"녀석은 원래 이렇게 강한 힘을 갖고 있지도 않았어."

청단의 이야기에 의하면, 서리 뿔 누크는 원래 조금 강력한 고대의 표범일 뿐이라 하였다.

하지만 청단에게 쫓기던 녀석은 이 폐쇄된 광산 입구까지 도주하게 되었고.

이곳에서 폐쇄된 광산의 신력을 흡수하여 점점 더 강력한 괴물이 되어 갔다고 하였다.

"암튼 이런 부분은 이제 와서 중요한 건 아니고."

"그……렇지?"

"내게도 너를 좀 더 열심히 도와야 할 이유가 생겼네."

"나를 도와야 할 이유?"

"데이라 아저씨의 행방은…… 나도 꽤 궁금했거든."

청단이 데이라와 헤어진 것은 아주 오래 전의 일이다.

청단은 청운비영을 되찾기 위해 이곳에 남아야 했고.

데이라는 신의 광물을 찾기 위해 폐쇄된 광산 안으로 들어가야 했으니까.

그럼에도 청단이 아직 그를 기억하고 있는 이유는…….

'그리움이 남은 것 같은데.'

아마 '데이라'라는 인물이 청단에게 꽤 특별한 존재로 남아 있기 때문일 것이었다.

"가르엘 데이라는 인간 아니야?"

"맞아. 그는 인간이었지."

"그러면 이렇게 오랜 세월이 지난 시점에서…… 그가 아직 살아 있기는 힘들지 않을까?"

이안의 물음에 청단은 피식 웃더니 천천히 다시 말을 이었다.

"그가 아직 살아있을 것이라는 기대는 당연히 없어."

"그럼?"

"다만…….."

잠시 뜸을 들이던 청단이 씁쓸한 표정으로 다시 입을 떼었다.

"널 만나기 전, 내가 갖고 있던 마지막 인연에 대한 예의라고 해야 할까?"

만감이 교차하는 듯한 청단의 표정을 잠시 응시한 이안은, 속으로 묘한 기분이 되었다.

'카일란은 정말 리얼하단 말이지.'

NPC의 표정에서 이렇게까지 리얼리티한 감정을 구현할 수 있다는 게 무척이나 신기했으니 말이다.

"암튼 그럼 슬슬 움직여 보자, 청단. 이제 슬슬 지진도 멈춘 것 같으니까."

"좋아."

청단을 통해 비하인드 스토리까지 들은 이안은 더욱 의욕적인 표정이 되어 걸음을 떼기 시작하였다.

하지만 지금 이 순간, 이안이 결코 알 수 없는 사실도 하나 있었다.

　지금 이 깊은 새벽에도 어디선가 그의 플레이를 지켜보고 있는 한 사람이 있었으며…….

　"시작됐다……!"

　그녀의 양손이 이미 땀으로 흥건하게 젖어 있었다는 사실을 말이다.

᠁᠁᠁

　현정은 오늘 당직에 서기 전, 선배 기획자로부터 분명 이런 말을 들었었다.

　"너무 걱정하지 마요, 현정 님."

　"넵?"

　"아무리 이안이라 해도, 이번 퀘스트는 진짜 쉽지 않을 거에요."

　기획 7팀 전원의 존망(?)이 걸려 있는 오늘 밤 이안의 퀘스트.

　"그래요? 그거 정말 희소식……."

　"'광맥을 찾아서'라는 퀘스트, 기획 초기 단계부터 제가 참여했었는데……."

　"우와, 정말요?"

　"진짜 이거, 깨지 말라고 만들었던 퀘스트예요."

"오오……!"

"심지어 이 퀘스트는 전투 실력으로 해결할 수 있는 것도 아니에요."

"그럼요?"

"전투력이 없으면 물론 제대로 시도조차 해볼 수 없는 퀘스트이기는 한데……. 각종 노가다에 잡기술까지 다양하게 요구하는 퀘스트거든요."

아무리 이안이라고 해도 그 퀘스트는, 쉽지 않을 거라는 확신에 찬 이야기를 말이다.

"이안이 아무리 실력이 좋아도, 그건 전투 실력이잖아요. 그렇죠?"

"그쵸."

"이안이 복잡한 미로를 언제 클리어해 봤겠어요?"

"오, 그러네요."

대체 팀장부터 시작해서 다른 팀원들이 왜 이렇게까지 걱정인지 알 수 없다는 듯 한숨까지 푹 쉬며 이야기했던 선배 기획자의 이야기.

"심지어 이번 퀘스트에서 가장 중요한 건 사실 전투가 아니라 채굴 실력이거든요."

"아……!"

"차라리 강력한 보스를 클리어해야 하는 퀘스트였으면 저도 긴장했을 거예요."

"선배님 말씀에 일리가 있네요, 진짜."

"그러니까 너무 걱정 마요, 현정 님."

"넵."

"그럼 저는 퇴근합니다……! 내일 아침에 보자고요."

"조심히 들어가세요!"

물론 선배가 이렇게 확신에 차서 얘기했다고 해도, 현정의 불안이 전부 가셨던 건 아니다.

'선배님께서 이 퀘스트를 기획하셨다고는 해도…….'

그녀를 안심시키려던 선배 기획자도 분명 뛰어난 사람이었다.

하지만 그보다 훨씬 더 경력과 실력이 좋은 팀장이 괜히 그렇게까지 걱정한 건 아니었을 테니 말이다.

"휴우……."

그러니까 마음 한쪽에는 선배의 말을 믿고 싶으면서도, 알수 없는 불안감은 계속해서 그녀를 엄습하고 있었던 것.

"보자. 보면 알겠지."

그리고 이안의 플레이를 본격적으로 모니터링하기 시작하며.

현정의 그 불안감은 스멀스멀 자라나기 시작하였다.

–이거 완전 미로네.

–나도 여기 처음 들어와 보는데…… 이렇게 미궁처럼 생긴 곳일

줄은 몰랐군.

퀘스트의 시작 지점부터, 이안의 행보가 뭔가 심상치 않았으니 말이다.

　－청단. 너는 여기서 어느 쪽으로 가야 한다고 생각해?
　－나도 처음이라니까?
　－음…… 그냥 한번 찍어 봐.
　－그럼, 나는 오른쪽.
　－좋아. 잘했어, 청단. 역시 카일란의 AI는 뛰어나다니까?

고인물의 감이라고 해야 할지, 철저히 계산된 행동이라고 해야 할지…….

　－좋았어. 그럼 왼쪽으로 가자고.
　－아니, 그럴 거면 대체 나한테 왜 물어본 거야?
　－왜 물어보긴. 네 덕에 방향 잡고 가는 건데.
　－…….

복잡한 미궁 안.
하지만 이안은, 거의 길을 헤메지 않고 목적점까지 이동하기 시작했으니 말이다.

"아니, 대체 왜 반대로 가는 건데, 이 나쁜 놈아!"

카일란 AI의 행동 패턴을 꿰고 있기라도 한 건지.

청단에게 의견을 물어보며, 귀신같이 길을 찾아내는 이안.

　

　　－이번에는 삼거리네.

　　－그러게.

　　－여기서는 어디야, 청단?

　　－나도 몰라.

　　－아니, 그러지 말고 얘기해 봐.

　　－흐음…….

　　－이번에는 네가 가자는 대로 갈게.

　　－좋아. 그럼 직진하자.

　　－그럴까?

　　－남자는 직진이지.

　　－넌 여자잖아.

　　－아무튼 직진.

　　－좋아. 직진해 보자고.

　

단순히 운이 좋다고 하기엔 기가 막히게 길을 찾는 이안을 보며, 자리에서 벌떡 일어나 버린 현정이었다.

"아니! 이번엔 또 왜 하자는 대로 가는 건데!"

혼미한 표정이 된 현정은, 아랫입술을 잘근잘근 씹으며 화면에 집중하였다.

　-오! 여기야!
　-찾았어?
　-여기 데이라의 곡괭이를 찾은 것 같은데?
　-와우! 진짜네?
　-좋았어. 그럼 이제 남은 건 가방뿐인가?

　그리고 미궁의 끝에서 이안이 곡괭이를 들었을 때.

　-여긴 아무래도 막다른 길인 것 같아.
　-흠, 여기 아니면 다른 길이 없는데…….

　간신히 유지하고 있던 현정의 평정심은, 그대로 깨질 수밖에 없었다.
　퉁- 퉁-!

　-벽 안쪽이 비어 있는 것 같은데?
　-오, 정말이네?
　-여길 한번 파 보자.
　-설마 내 창으로 부수라는 건 아니지?
　-그럴 리가.

-……?

-흙 파기 좋은 곡괭이를 두고, 왜 창을 쓰겠어?

❈❈❈

퍼엉-!

"역시!"

이안은 운이 좋았다고 생각했다.

'이렇게 빨리 미궁을 뚫다니.'

미궁 속에 흩어져 있던 '가르엘 데이라'의 유품들.

이렇게 빠르고도 순조롭게 퀘스트가 진행되어 그것을 전부 찾아낼 줄은 몰랐으니 말이다.

"진짜 안에 길이 있었네?"

"그러게."

"촉이 귀신같은데?"

"운이 좋았을 뿐이야."

수상해 보였던 벽면을 곡괭이로 뚫고 들어가자, 그 안에서 어두컴컴한 샛길이 모습을 드러냈던 것이다.

"일단 안으로 가 보자."

"좋아."

숨겨져 있던 샛길까지 찾아낸 이안은 기분이 무척이나 좋아졌다.

'흐흐, 이렇게 술술 풀리는 날도 한 번씩은 있어야지.'

그는 퀘스트 정황상 이 바위벽만 뚫고 들어가면 분명 데이라의 마지막 유품을 찾을 수 있으리라고 확신하고 있었고.

그 예상이 맞는다면 퀘스트를 무척 손쉽게 클리어하게 되는 것이니 말이다.

'이 안에 데이라의 가죽 가방이 있었으면 좋겠는데.'

이안이 이렇게 빠르게 추론할 수 있었던 이유는 당연히 지난 경험들 때문이었다.

과거 마계에서 수많은 광물들을 채굴해 봤던 이안은 광산 필드의 특성을 아주 잘 알고 있었고.

그 때문에 광맥 구석에 나타난 바위벽이 인위적으로 만들어진 구조물임을 어렵지 않게 파악할 수 있었던 것이다.

그리고 채굴 과정에서 이런 인위적인 벽면을 뚫고 들어가면 보통…….

'뭐, 가죽 가방이 없더라도 다른 무언가가 숨겨져 있을 테지.'

해당 필드의 히든 피스가 숨겨져 있는 경우가 무척이나 많다고 할 수 있었다.

"점점 더 좁아지네."

"거의 끝이 보이는 것 같아."

더욱 좁고 어두워지는 길 안에서, 이안은 아토즈가 옆에 없음이 아쉬워졌다.

'쯧, 그냥 전부 이쪽으로 데려올걸.'

지금 이안의 파티는 뿔뿔이 흩어져 미궁 안을 뒤지고 있었기 때문에 이안의 옆에 남아 있는 존재는 청단뿐이었던 것이다.

만약 아토즈가 옆에 있었더라면 아주 훌륭한 횃불 셔틀이 되어 주었을 터였다.

저벅- 저벅-.

고요한 가운데 울려 퍼지는 것은 이안과 청단의 발소리뿐.

언제 몬스터가 튀어나와도 이상하지 않은 필드였기 때문에 이안은 더욱 긴장했고…….

터엉-!

잠시 후 이안은, 당황한 표정이 될 수밖에 없었다.

"뭐지?"

"왜 그래, 이안?"

히든 피스가 분명 존재할 것이라 생각했던 어둡고 좁은 샛길의 끝에서, 막다른 길을 마주하게 되었으니 말이다.

"길이 막혔어."

"그……러네?"

그래서 이안은 필드를 유심히 살피기 시작했다.

'이럴 리가 없는데.'

지금 들어온 길이 단순히 막다른 길이었다면 몰라도.

이렇게 가벽으로 숨겨 놓은 길의 끝이 또다시 아무런 보상

없는 막다른 길일 확률은 무척이나 낮았으니 말이다.

'이건 마치…….'

하방으로 내려갈수록 점점 더 좁아지는 통로.

그리고 그 통로 끝을 단단하게 막고 있는 거대한 바윗덩이.

'통로 끝에 누가 바윗덩이를 밀어 넣은 모양새야.'

이안의 날카롭게 빛나는 눈이, 다시 걸어 내려왔던 통로를 응시하였다.

그리고 그 결과.

한 가지 사실을 깨달을 수 있었다.

"아무래도 누군가 바윗덩이들을 이 통로 아래로 굴린 것 같지?"

"음…… 그런가?"

"벽면을 봐, 청단."

"……?"

"뭔가가 쓸려 내려가면서 긁힌 자국이 한두 개가 아니야."

"오호, 그렇긴 하네."

"우리가 밟고 내려왔던 계단도 마찬가지."

"깎여 나가고 부서진 부분들을 얘기하는 거야?"

"그렇지. 누군가 이 거대한 바윗덩이들을 굴려서 입구를 막아 버린 것 같아."

인위적으로 막혀 있는 입구라면 그것을 다시 인위적으로

뚫을 수도 있을 것이다.

그리고 특정 퀘스트를 진행하는 도중에 이런 상황이 발생했다는 사실은…….

'퀘스트 안에 역시 해답이 존재함을 의미하겠지.'

그 안에서 힌트를 찾을 수 있음과 일맥상통하는 것이었다.

스윽-!

이안이 다시 곡괭이를 꺼내 들자, 청단은 당황한 표정이 되어 물었다.

"뭐야, 설마 그 작은 곡괭이로 바위를 부수려는 거야?"

"맞아."

지금 둘의 앞에 놓인 거대한 바윗덩이들은, 통로 위에서 뚫고 내려온 얇은 가벽과는 비교초자 되지 않을 정도로 거대하고 위압적인 모양새였으니 말이다.

퍽- 그그극-!

청단은 혹시나 하여 창으로 바위를 내리쳐 봤지만, 이번에는 텅 빈 소리 대신 꽉 찬 소리가 되돌아 나올 뿐.

"……."

꽤 강하게 내리친 창질에도, 바위는 흠집조차 제대로 나지 않을 정도로 단단한 강도를 가지고 있었다.

"이걸 부수겠다고?"

"할 수 있어."

"하루 종일 곡괭이질만 해야 할걸."

"글쎄."

그래서 청단은 이안의 자신감을 이해할 수 없었다.

'여길 뚫으려면 숙련된 광부가 있어야 할 것 같은데······.'

그녀는 과거 가르엘 데이라가 곡괭이질 하는 것을 본 적이 있었고.

그 덕분에 그것이 얼마나 어렵고 정교한 작업인지도 잘 알고 있었으니까.

까앙-!

하지만 다음 순간.

까강- 깡-!

이안의 곡괭이질이 본격적으로 시작되자.

"어······?"

그녀의 그 의구심 가득했던 표정은 곧, 경악으로 순식간에 바뀌어 버릴 수밖에 없었다.

까앙- 까앙- 까앙-!

균일한 간격으로 곡괭이가 휘둘릴 때마다, 스파크와 함께 튕겨 나오는 바위 파편들.

티잉-!

그렇게 잠시 후면 여지없이 쩌억, 하고 갈라지는, 거대한 바윗덩이들.

쩌적-!

그 광경은 말 그대로, 경이로움이 느껴질 정도였으니 말이다.

"너…… 혹시 본업이 광부였던 거야?"

"뜬금없이 무슨 소리야?"

"아니, 그렇잖아."

"……?"

"원래 곡괭이를 처음 잡은 사람은, 바위 하나 깨부수기도 어려운 게 정상이라고."

카일란에서 '채광'이라는 콘텐츠는 의외로 손재주을 크게 필요로 하는 작업이었다.

정확한 힘과 정밀한 동작으로 광맥의 결을 내리찍어야만 더 좋은 광물을 얻을 수 있었으며 또 채광의 속도도 붙는 구조를 가지고 있었으니 말이다.

힘과 같은 깡 스탯도 물론 중요하지만, 그런 것보다 정밀한 기술이 훨씬 더 중요한 콘텐츠가 채광.

그런 의미에서 이안의 곡괭이질은, NPC인 청단이 봐도 비범하게 느껴질 수밖에 없는 수준이었다.

깡- 깡- 쩌적-!

청단이 창으로 내리 찍어도 흠집조차 잘 안 났었건만, 이안의 곡괭이질에 마치 순두부처럼 쪼개지는 바윗덩이들.

쩌저저적-!

"너, 혹시 데이라의 환생은 아니지?"

"조용히 좀 해 봐. 집중해야 되니까."

"그 아저씨 말고 이렇게 곡괭이질을 잘 하는 인간을 본 적이 없어."

"도와줄 거 아니면 조용히 해 줄래?"

"어떻게 도와줄까?"

"가만있어 줘."

"그래, 그 정도는 해 줄 수 있지."

숨이 턱 막힐 정도로 거대하고 튼튼해 보였던 그 바윗덩이들은, 무척이나 빠른 속도로 부서지고 있었다.

'평범한 인간이 아니라는 건 알고 있었지만······.'

이안이 신력을 사용하는 것을 봤을 때부터 청단은 그가 '신족'의 핏줄이 섞인 인간이 아닐까 하는 의심을 하고 있었다.

하지만 아무리 신의 핏줄을 가진 신족이라 하더라도, 이렇게 모든 분야에 재능이 있는 것은 불가능했다.

그래서 오히려 이안의 존재에 대한 청단의 추론은, 미궁 속으로 다시 빠져들었다.

깡- 깡-!

그리고 청단이 이런 생각을 하고 있던 그때.

띠링-!

이안은 자신의 판단에, 점점 더 강한 확신을 얻는 중이었다.

-'균열'을 정확히 타격하였습니다.

-'알 수 없는 바윗덩이'의 내구도가 큰 폭으로 감소합니다!

……중략……

-'알 수 없는 바윗덩이'를 성공적으로 파괴하였습니다!

-조건이 충족되었습니다.

-'의심스러운 흔적'이 발견되었습니다.

　

사람이 가장 당황하는 상황은, 당연히 예상치 못했던 일이
발생할 때다.

그리고 그런 의미에서…….

"이, 이건 무슨 상황이지?"

모니터링실에 앉아 있던 현정은, 완전히 사색이 된 채 식
은땀을 흘릴 수밖에 없었다.

"티, 팀장님께 전화를 드려야 하나?"

지금 모니터링실 스크린을 통해 송출되고 있는 광경은, 현
정뿐 아니라 기획 7팀의 그 누구도 예상하지 못했던 상황이
었으니 말이다.

'이, 일단 기획서부터 뒤져 보자. 이렇게 진행되어도 문제
가 없는 건지. 그것부터 확인해 봐야 해.'

팀장 이준을 포함한 기획 7팀의 기획자들은, 오늘 이안의

행보를 몇 가지 시나리오로 예상해 두었었다.

가장 확률이 높다고 여긴 시나리오는, '광맥을 찾아서' 퀘스트를 이안이 깔끔하게 클리어하고 '세인트 크리스털'을 얻어서 나가는 시나리오.

기획 7팀이 가장 바라는 시나리오는 이안이 퀘스트에 실패하고 '세인트 크리스털'을 얻지 못하는 시나리오.

마지막으로 최악의 시나리오이자 가장 확률이 낮은 시나리오는, 퀘스트를 클리어한 뒤에 '세인트 크리스털 광맥'을 찾아 이안이 채광까지 성공하는 시나리오.

그래서 만약 이 세 시나리오 중 하나가 확정된다면, 현정은 이렇게까지 당황하지 않았을 터였다.

각 시나리오별로 어떻게 대응해야 할지, 이미 매뉴얼이 정해져 있었으니 말이다.

때문에 지금 그녀가 이렇게까지 당황한 이유는…….

"후……!"

이안이 전혀 예상 목록에 없던 새로운 시나리오를 개척(?)하고 있기 때문이었다.

"이대로라면 정말 데이라의 원혼을 만나기 전에 광맥을 찾아 버릴 수도 있을 것 같은데…….""

지금 이안이 열심히 뚫고 있는 거대한 바윗덩이들은, 그가 예상했던 대로 히든 피스를 막고 있는 관문이 맞았다.

이 관문을 통과해 안으로 들어가면, 억겁의 시간 동안 숨겨져 있던 '세인트 크리스털 광맥'을 찾을 수 있는 게 맞았으니까.

하지만 원래 이 히든 퀘스트를 시작하기 위해서는 '광맥을 찾아서' 퀘스트를 먼저 클리어해야만 한다.

이곳의 위치를 알려 주는 NPC가 '가르엘 데이라'이기도 하였으며.

그가 막혀 있는 이 바윗덩이들을 뚫어 줘야 광맥 안으로 입장이 가능한 구조였으니 말이다.

미궁 안에 흩어져 있던 데이라의 유품들을 전부 모으고.

또 하나의 히든 퀘스트를 클리어해서 '데이라의 원혼'을 소환해 내고.

그다음에야 시도할 수 있는 루트가 지금 이안이 뚫고 있는 이 '숨겨진 광맥의 입구' 퀘스트인데…….

그 중간 과정을 건너뛰고 이렇게 퀘스트가 진행돼 버리면 어떤 버그가 생길지 알 수 없었으니 말이다.

"으아, 어떡하지……?"

만약 현정이 신입이 아니었더라면, 이미 아까 숨겨진 통로가 발견된 순간 이준에게 전화를 걸었을 것이다.

그때 이미 뭔가 크게 잘못되고 있다는 사실을 캐치했을 테니까.

하지만 현정은 아직 초짜(?)였고, 이런 고려되지 않은 상황에서 무려 팀장님을 깨워도 되는 건지 판단이 쉽게 서지 않았었다.

그래서 불안한 표정으로 이안의 곡괭이질을 1시간 동안이나 지켜보던 현정은, 결국 관문이 열렸을 때가 되어서야 전화기를 집어 들었다.

"안되겠어. 전화를 드려야 해."

그리고 현정이 선택장애에 빠져 있던 이 1시간이라는 시간은…….

-뭐라고? 현정 씨, 다시 말해 봐요.

"그, 그러니까요, 팀장님. 이게 어떻게 된 거냐면……."

어쩌면 기획 7팀에게 아주 중요한 '골든 타임'이었을지도 모를 일이었다.

깡- 깡- 깡-!

곡괭이질을 쉼 없이 하며, 이안은 속으로 생각하고 있었다.

'이거, 퀘스트 난이도가 좀 심하긴 하네.'

숙련된 솜씨로 순식간에 바윗덩이들을 부숴 나가고 있음에도 불구하고.

1시간이 다 되어 가는 지금까지 입구를 보여 주지 않고 있는 광산의 지하 통로.

이안은 지금까지도 이 바윗덩이들 뒤에 '데이라의 가죽 가방'이 있을 것임을 믿어 의심치 않고 있었고.

그 때문에 이런 하드코어 노가다 퀘스트를 기획한 기획 팀이 너무하다고 생각하고 있었다.

'내가 곡괭이질을 해 본 경험이 없었다면 밤낮 없이 곡괭이만 휘둘러도 일주일이 넘게 걸렸을 퀘스트야.'

어쨌든 퀘스트라는 것은 유저들이 '클리어'하라고 만든 미션일 텐데.

이렇게까지(?) 무식하게 노가다 난이도를 높였어야 했나 싶었던 것이다.

깡– 깡– 까강–!

"얼마나 좋은 보상을 주려고……."

물론 이안의 그 생각은, 실상과 완전히 다른 것이었지만 말이다.

"응? 방금 뭐라고 했어, 이안?"

"아, 아냐. 그냥 혼잣말이야."

사실 이 '광맥을 찾아서' 퀘스트 기획에 관여한 기획 팀 직원들 중 그 누구도.

직접 곡괭이로 여길 부술 생각을 하는 유저가 있을 것이라고는 상상조차 하지 못했으니 말이다.

어쩌면 너무한 것은 카일란 기획 팀이 아닌 이안일지도 모를 일이었다.

깡- 까앙-!

"거의 다 된 것 같아, 이안. 조금만 더 힘내."

"그러게. 이제 끝날 때도 된 것 같은데……."

처음에는 신기하게 쳐다보던 이안의 곡괭이질이 이제는 지루해졌는지, 하품을 쩍쩍 하며 옆에 드러누워 버린 청단.

누워서 빈둥거리는 그녀를 보면 멘털이 흔들릴 법도 하건만, 이안은 꿋꿋이 곡괭이만 휘두를 뿐이었다.

땅- 땅-!

노가다의 강도가 강하면 강할수록.

그것은 이안의 의지만 더욱 불태우게 만들 뿐인 것 같았다.

　

-'알 수 없는 바윗덩이'를 성공적으로 파괴하였습니다!

-조건이 충족되었습니다.

-'의심스러운 흔적'이 발견되었습니다.

-'???(알 수 없는 이벤트)' 조건 달성률 : 97%

　

'좋아. 이제 진짜 마지막……!'

쪼개진 바위 조각들을 들어낸 이안은, 마지막 남은 바윗덩이 앞에 서 비장한 표정으로 곡괭이를 들었다.

그리고 잠시 후.

쩌적- 쩌저적-!

결국 수많은 바윗덩이들 안쪽에 가려져 있던 숨겨진 광맥의 입구가, 이안의 눈앞에 모습을 드러내었다.

　　띠링-!

　　-조건이 충족되었습니다.
　　-'신성의 광맥 입구'를 발견하였습니다!

　　이른 아침.

　　아니, 아침이라기엔 너무 이른 꼭두새벽.

　　"와, 이 시간에 전원 출근이라니……."

　　"이런 적은 처음 아니야?"

　　"지난번에도 5시에 전부 모여 있었잖아."

　　"그때는 출근한 건 아니었지."

　　"아 맞네. 그때는 퇴근을 못 했던 거구나."

　　"……."

　　아직 동이 트지도 못한 새벽 5시 30분 무렵, 기획 7팀의 직원들은 전부 사무실에 출근해 있었다.

　　"젠장, 나는 이제 이안이 싫어지려고 해."

　　"뭐야, 설마 아직도 팬이었어?"

　　"……."

　　"그냥 놔둬. 저러다가 3팀 송 과장님처럼 극렬한 안티로

변할걸."

"하긴, 보통 팬심이 클수록 더 심한 안티가 되더라고."

이들이 이렇게 빨리 출근한 이유는, 당연히 지금 이안이 진행 중인 '광맥을 찾아서' 퀘스트 때문.

정확히는 이안이라는 별난 유저 때문에 뒤틀려 버린 이 퀘스트의 전개를 최대한 빠르게 수습하기 위해서 출근한 것이라고 할 수 있었다.

"선배님."

"어, 현정 씨……."

"아무리 이안이라도 곡괭이질은 잘 못할 거라면서요."

"그…… 그게……."

원래대로라면 거쳐 갔어야 할 절차를 모조리 무시한 채.

아직 서버에 풀려서는 안 될 '세인트 크리스털' 채굴이 가능한 광맥에 무방비 상태로 들어가 버린 이안.

"다들 회의실로!"

"넵, 팀장님!"

"알겠습니다!"

이 대위기(?)를 극복하기 위해선, 기획팀 전체가 머리를 맞대야만 했던 것이다.

"윤 주임."

"네, 팀장님."

"지금 제일 큰 문제가 '가르엘 데이라'가 깨어나지 않은 상태에서 이안이 광맥 안으로 입장했다는 거지?"

"그렇습니다. 원래 기획된 전개대로라면…… 데이라의 곡 괭이는 이 시점에 이안의 소유 상태일 수가 없는 거니까요."

지금 발생한 문제의 가장 큰 핵심.

그것은 바로 이안이 데이라의 곡괭이를 보유한 채 '세인트 크리스털 광맥' 안으로 들어왔다는 사실이었다.

사실 신계의 광물인 '세인트 크리스털'은 '데이라의 곡괭 이'가 없으면 채굴이 불가능한 광물이었다.

그래서 원래대로라면 데이라의 모든 유품을 데이라에게 돌려준 뒤에나 입장 가능한 곳이 바로 이 숨겨진 광맥이었던 것이다.

퀘스트 플로우대로 흘러갔다면 자신의 유품을 찾아 준 데 이라가 소천하기 전에 이안에게 보답하기 위해 잠시 곡괭이 를 빌려주는 정도로 보상이 책정되어 있었지만…….

"젠장, 그럼 이안이 미친 척하고 계속 채광하면……."

"……세인트 크리스털 원석을 몇 개나 들고 나올지 짐작조 차 되지 않습니다."

지금 이 상황에서는 이안이 자의로 얼마든지 채광이 가능 했으니.

원래 책정된 보상의 몇 배나 챙겨 나갈 수 있을지 감조차 오지 않았던 것이다.

"일단 행복 회로를 좀 굴려 보면……."

팀장 이준이 침울한 목소리로 말을 이었다.

"이안도 '광맥을 찾아서' 퀘스트를 완수하기는 해야 하고. 그러려면 다시 데이라의 가죽 가방을 찾으러 밖으로 나가야 하잖아. 그렇지?"

"그야 그렇습니다만……."

"적당히 캐다가 퀘스트부터 깨러 갈 확률은 없을까?"

"음……."

"일단 퀘스트를 진행하고 나면 곡괭이는 데이라에게 뺏길 테니까……."

열심히 시나리오를 이야기하던 이준은 결국 말문이 막히고 말았다.

아무리 행복 회로를 열심히 돌려 봐도…… 그럴 확률은 제로에 수렴할 것 같았으니 말이다.

"일단 '광맥을 찾아서' 퀘스트에 시간 제한이 없다는 게 문제입니다."

"후……."

"제가 아는 이안이라면……."

"인벤토리가 미어터질 때까지 광산에 처박혀서 안 나올 수도 있겠지."

"그렇습니다, 팀장님."

그래서 회의가 진행될수록, 팀원들의 표정은 점점 더 어두워질 수밖에 없었다.

"세인트 크리스털이 채광하기 쉬운 광물은 아니잖아. 그렇지?"

"맞습니다. 어지간한 채광 숙련도로는 온전한 원석 채굴조차 쉽지 않겠죠."

"채광 난이도가 기획 의도보다 훨씬 높게 잡혀 있기를 기도해야 하나……?"

"의미 없는 가정이라고 생각합니다, 팀장님."

"……."

"애초에 데이라의 도움도 없이 광맥 입구를 채굴로 뚫어 버린 놈이잖아요."

"그러게."

"그 정도 실력이면…… 채굴 난이도는 딱히 걸림돌이 되질 않을 거예요."

"크흑!"

이안이 세인트 크리스털을 대량으로 채굴하여 나갈 시, 문제는 크게 두 가지 정도가 발생하게 된다.

첫째로는 당연히 밸런스 문제.

"당장 세인트 크리스털로 할 수 있는 게 뭐가 있지?"

"제가 이안이라면…… 아마 신전부터 완성하겠죠."

"그다음엔?"

"요정왕의 활을 강화하거나, 새로운 신성 무기를 제작하려고 하겠죠?"

"크흠……."

원래 신성 무기를 새로 제작하기 위해서는 '신전' 건립을 완료한 다음 '신성 장비'를 다룰 수 있는 대장간까지 만들어야 한다.

그 때문에 여기까지 필요한 '세인트 크리스털'만 해도 일반적으로는 상당히 오랜 시간이 흐른 뒤에나 구할 수 있을 수준.

"신성 대장간 오픈하는 데까지 필요한 크리스털이 총 몇 개지?"

"아마 120개 정도 될 겁니다."

"이안이 그 정도나…… 채굴해서 나갈까?"

"인벤토리가 다 찰 때까지 채굴한다고 가정하면, 약 500개 정도 들고 나갈 수 있겠네요."

"……."

"다…… 채울까?"

"팀장님께서 이미 해답을 알고 계신 것 같습니다만."

"……."

하지만 이안의 집념과 노가다 근성이라면 이번 기회에 최대한의 크리스털을 채굴해서 가지고 나갈 테니.

거의 몇 개월 단위로 진행하라고 만들어 둔 콘텐츠가 3일 안으로 아작 나게 생긴 격이라고 할 수 있었다.

"그래도 이건 유저 개인의 밸런스 문제니까 어떻게든 해결

방법이 있을 겁니다."

"그럼 이것보다 더 큰 문제도 있는 거야?"

"그……렇죠."

"그게 뭔데?"

그리고 두 번째 문제.

"지금 진행 중인 메인 시나리오 퀘스트가 완전히 뒤틀어져 버릴 수도 있는 상황이니까요."

그것은 바로 이안의 이 작은(?) 돌발 행보가 큰 틀에서 시나리오에 거대한 폭풍을 불러일으킬 수도 있다는 부분이었다.

"그게 무슨 말이야, 오 과장?"

"그, 그러게요, 과장님. 나 방금 소름 돋았어요."

"아니, 밸런스 문제보다 더 큰 문제가 있다고요?"

팀원들의 시선이 전부 자신에게로 모이자, 마른침을 한차례 삼킨 오진석 과장이 천천히 다시 입을 열기 시작하였다.

오진석 과장은 이번 '구원의 첫걸음' 시나리오를 총괄 기획한 책임자였고.

그렇기에 지금 상황에서 그의 이야기에는 무게가 실릴 수밖에 없었다.

"지금 베리타스에서 진행 중인 2차 시나리오의 핵심이……. 결국 과거에 신들이 묻어 뒀던 과오를 파헤치는 스토리잖아요?"

"그렇지."

고대에 신계 내에서 벌어졌던 알력 다툼.

그 과정에서 고의적으로 희생될 수밖에 없었던 베리타스의 인간들과 마족들.

유저들이 퀘스트를 진행하는 과정에서 그 왜곡된 역사를 밝혀내는 것이 바로 이 '구원의 첫걸음' 시나리오였다.

"이 시나리오가 완전히 끝나기 전에 이안의 신전이 세워지면 어떻게 될까요?"

"어? 그 부분은 생각해 보지 못했는데……."

만약 신들의 과오가 밝혀지는 과정에서 이안의 신전이 세워지고 그가 '신'이라는 것이 밝혀진다면.

"이안이 베리타스 차원계의 공적이 되어 버릴 수도 있겠는데요?"

인간 진영과 마족 진영의 모든 NPC들이 이안을 적대하기 시작하면서, 시나리오 전개 방향이 완전히 뒤틀려 버릴 수가 있는 것이다.

"미친……! 그럼 메인 연계 퀘스트까지 다 새로 만들어야 하는데……!"

원래대로라면 이안 또한 인간 진영 유저들과 합세하여 베리타스에 종말을 불러온 신을 찾아내고 그에게 심판을 내리는 데에 힘을 보태야만 한다.

스토리상 신들이 베리타스를 버리게 된 원흉은 따로 존재했으니 말이다.

하지만 모든 오해가 풀리기 전에 이안이 신으로 등극하게 된다면…….

오해가 풀리기는커녕, 이안이라는 존재는 새로운 오해를 낳게 될 것이다.

베리타스 NPC들의 분노가 극에 달한 상황에서 이안이라는 만만한(?) 신격이 등장하게 되는 것이니 말이다.

"아, 이거 머리 아프네……."

"신전 건립 콘텐츠를 임시로 막아야 할까요?"

"최악의 경우에는 그렇게라도 해야지."

"……."

"그리고 팀장님은, 대표님 면담을 받으러 가시겠죠."

"후우……!"

기획 7팀의 회의실에 침묵이 흘렀다.

워낙 변수가 많은 카일란의 시스템 구조상.

이 시나리오를 설계한 그들조차도 어떻게 스토리가 전개될지 가늠조차 되지 않았으니 말이다.

"어떡하지?"

"그러게요……."

특히 이 모든 것을 책임져야 하는 팀장이자 총괄 기획자 이준은 울고 싶은 마음뿐이었다.

'진짜 숨이 턱 막히네.'

이 상황에서 이준에게 주어진 선택지는 두 가지.

"다 뜯어고치려면 얼마나 걸릴까?"

"……."

하나는 몇 달 야근을 해서라도 시나리오 구조를 싹 다 바꾸는 것이었으며.

"그게 가능하기는 할까요?"

또 하나는 카일란의 메인 시스템 AI가 흘러가는 대로 기획 팀도 흐름을 따라가며 퀘스트를 즉석에서 세팅하는 것.

'이러면 진짜 임기응변의 영역이 될 것 같은데…….'

그런데 여기까지 생각이 미쳤을 때.

"잠깐."

이준의 머릿속에, 번개같이 하나의 아이디어가 불쑥 떠오르기 시작하였다.

퀘스트 파괴자

이안이 들어선 곳은 '신성의 광맥'이라는 필드였다.

분명히 이 필드는 이안이 처음 입장해 보는 낯선 장소.

하지만 이안은 이곳의 환경이 무척이나 낯익게 느껴졌다.

"역시!"

카일란에서는 채광이 가능한 필드에 몇 가지 특징이 존재했는데.

이 새로운 히든 필드도 이안이 알던 그 요소들을 전부 다 갖추고 있었으니 말이다.

"기어코 금역을 찾아내었네."

"금역?"

"여긴…… 사실 인간들에게 금지된 영역이니까."

강렬한 신성력을 뿜어내는 수많은 광물더미를 보며, 청단은 고개를 절레절레 저었다.

과거 가르엘 데이라는 자신의 도움이 있었기에 이곳을 찾아낼 수 있었지만.

지금 이안은 서리 뿔 누크라는 수문장만 제외한다면 거의 혼자 힘으로 이곳에 도착한 것이나 마찬가지.

지금 이 상황을 천궁의 신들이 내려다보고 있다면 얼마나 당황스러워할지 짐작조차 되지 않았다.

"이제 넌 신들의 노여움을 살 거야. 과거 데이라 아저씨가 그랬듯 말이지."

"흠……."

"어떻게 그렇게 태연해?"

"뭐가?"

"신들의 진노가 무섭지 않아?"

"글쎄. 별로."

"……."

다시 한번 고개를 절레절레 저은 청단은, 곡괭이를 든 채로 신이 나서 걸음을 옮기는 이안의 뒷모습을 응시하며 중얼거렸다.

"진짜 세인트 크리스털을 채광할 셈인가 보네."

이 괴팍한 인간은 과연 여기서 채광한 세인트 크리스털로 뭘 하려고 할지, 이제는 그 목적이 궁금해지는 청단이었다.

"너, 여기서 아예 자리 깔고 곡괭이질 하려는 거지?"

"당연한 말씀."

"그럼 아저씨의 유품들은?"

"그건 좀 천천히 찾지, 뭐."

"그래도 일단 하던 것부터 하는 게……."

"어차피 천 년도 전에 헤어졌다며?"

"그야 그렇지."

"그럼 조금 더 늦어진다고 달라질 것도 없잖아?"

"……."

이안의 논리적인 반문에 할 말을 잃은 청단은 자리에 풀썩 드러누웠다.

"그래, 천 년 동안 남아 있던 유품이 몇 시간 만에 어디로 사라지진 않겠지, 뭐."

그리고 그런 그녀를 슬쩍 응시한 이안은 다시 광맥을 향해 고개를 돌린 뒤 천천히 곡괭이를 치켜들기 시작하였다.

띠링-!

ㅡ'알 수 없는 광맥'을 발견하셨습니다.

ㅡ'채광용 곡괭이'를 장비하고 있습니다.

ㅡ조건이 충족되었습니다.

ㅡ채광을 시작하시겠습니까? (Y/N)

'세인트 크리스털'이라는 이름을 가진, 고인물 이안조차도 단 한 번도 접해 보지 못한 신성한 광물.

　깡- 깡- 깡-!

　곧 그것을 손에 넣을 수 있게 될 것이라는 생각에, 이안은 벌써부터 가슴이 두근거리고 있었다.

* * *

　미궁처럼 복잡한 길과 칠흑같은 어둠으로 가득한 폐쇄된 광산의 내부.

　"후, 뭔가 빙빙 돌고 있는 기분이야, 듀프리."

　"그러네. 여긴 분명 아까 지났던 위치 같은데."

　쿠반과 듀프리는 지금까지도 한 팀이 되어 광산 곳곳을 열심히 수색 중이었다.

　'광맥을 찾아서' 퀘스트는 파티원 모두에게 부여된 퀘스트였고.

　애초에 이렇게 뿔뿔히 흩어진 이유가 데이라의 유품을 최대한 빠르게 찾아내기 위해서였으니 말이다.

　"보니까 '데이라의 가죽 가방'만 찾으면 퀘스트가 완수되던데."

　"맞아, 쿠반."

　"어차피 조금 기다리면 이안 님이 알아서 가방을 찾아내지 않을까?"

"그게 무슨 의미야?"

"조금 쉬자는 거지, 뭐."

"……."

"벌써 수색 시작한 지 2시간이 다 돼 간다고."

"그렇긴 한데……."

"조금 쉬었다가 다시 수색을 시작하는 게 오히려 효율이 더 좋을지도 몰라."

조금 쉬었다 가자는 쿠반의 제안에, 듀프리는 마음이 살짝 흔들리는 것을 느꼈다.

'체력이 진짜 많이 떨어지기는 했는데…….'

사실 천공의 협곡에 발을 들인 이후, 지금까지 휴식다운 휴식도 없는 강행군의 연속이었다.

물론 그 고생 이상의 리턴이 항상 뒤따라오기는 했지만, 아무리 그렇다고 해도 체력이 무한대가 될 수는 없는 법.

"후우."

그래서 아마 듀프리도 일반적인 상황이었더라면 쿠반의 말에 동의하고 정비를 시작했을 터였다.

하지만 잠시 고민하던 듀프리는 곧 고개를 저었다.

"아무래도 안 되겠어, 쿠반."

"왜!"

"마음이 불편해서."

"……?"

듀프리가 천천히 다시 말을 이었다.

"이전까지도 그렇기는 했지만, 천공의 협곡에 들어온 이후로 너무 염치가 없는 것 같아서."

"염치?"

어이없는 표정으로 반문하는 쿠반을 향해 듀프리가 고개를 끄덕였다.

"응, 그러니까…… 너무 하는 것 없이 버스만 타는 느낌이랄까?"

"야, 버스 좀 타면 어때!"

쿠반이 어이없는 표정이 된 것은, 어쩌면 너무 당연한 것이었다.

물론 이안의 활약에 의해 많은 득을 본 것은 사실이나, 그렇다고 해서 그들이 아무 노력조차 없이 날로 먹은 것은 아니었으니까.

게다가 이안은 NPC(?)다.

물론 쿠반은 이안이 유저이자 세계 랭킹 1위인 '그 이안'일지도 모른다는 의심을 조금쯤 하고 있었지만.

아직까지는 NPC일 확률이 높고, 또 NPC로 알려져 있는 존재가 이안이라는 말이다.

그 때문에 그의 기준에서 유저도 아니고 NPC의 버스를 타는 것에 죄책감을 느끼는 것은, 말이 되지 않는다고 할 수 있었다.

하지만 듀프리의 생각은 쿠반과 달랐고…….

"암튼 안 돼."

"……."

"최소한 이번 퀘스트에서는 마지막 유품을 우리가 찾았으면 좋겠어."

그것이 비단 이안에 대한 충성심(?) 때문만은 아니었다.

'결국 쓸모를 증명하지 못한다면, 이안 님과 파티를 이렇게 계속해서 유지할 수는 없을 거야.'

현실이건 게임 안이건.

세상사는 결국 기브 앤 테이크라는 논리 안에서 굴러가는 법.

오히려 이안의 파티에 계속 붙어 있으려면 어느 정도 이상의 역량을 증명해 보여야 한다고 생각한 것이다.

"버스에 최대한 오래 탑승하려면 최소한의 운임은 지불해야지."

그래서 듀프리는 쿠반을 짧게 설득하였고.

"무슨 말인지 알겠지?"

"알겠어……."

그제야 듀프리의 말에 수긍한 쿠반은, 입을 삐죽 내민 채 고개를 끄덕였다.

'하긴, 듀프리 말도 일리가 있기는 하네. 너무 버스만 타려

고 하면 친밀도가 떨어질 수도 있을 테니까.'

하여 다시 힘을 내기 시작한 두 사람은, 더욱 적극적으로 미궁을 수색하기 시작하였다.

"이쪽은 내가 체크했어."

"그래?"

"그리고 토즈랑 루이사도 아마 이 방향으로 움직였을 거야."

"그럼 여긴 아닐 테고……."

하지만 지금 이 순간.

두 사람은 한 가지 사실을 결코 알 수 없었다.

"오……!"

"왜 그래, 듀프리?"

"여기 좀 봐, 쿠반."

"응?"

"여기 이 가죽 쪼가리."

"……!"

"이거 뭔가 가방에서 떨어져 나온 조각 같지 않아?"

지금 두 사람의 이 헌신적인(?) 노력이…….

"이쪽이야!"

"가 보자!"

사실 지금 이안이 떠먹고 있는 꿀 같은 밥상에 재를 뿌리는 행동일지도 모른다는 사실을 말이었다.

띠링-!

　-조건이 충족되었습니다.
　-'데이라의 가죽 가방'을 발견하였습니다!

깡- 깡- 까앙-!
채광은 순조로웠다.
깡- 까강-!
그리고 그것은, 너무 당연한 전개라고 할 수 있었다.
띠링-!

　-채광률이 100%가 되었습니다.
　-채광에 성공하셨습니다.
　-'세인트 크리스털 원석' 아이템을 획득하셨습니다!

　최고의 채광 실력을 갖고 있는 이안이 고대의 전설적인 광
부가 사용하던 곡괭이를 들고 있었으니.
　세인트 크리스털이 아무리 채광 난이도가 높은 광물이라
할지라도 무리 없이 차곡차곡 채광되는 것은 너무 당연한 수
순이었던 것이다.
　"여, 많이 캤냐?"

"음……. 반 정도?"

그래서 이제까지 이안이 채광에 성공한 원석의 개수는 총 250여 개.

"그게 무슨 말이야?"

"목표까지 절반 정도 왔다는 말이야."

기획 7팀의 예상대로, 이안은 인벤토리를 전부 다 채울 때까지 채광만 할 생각이었다.

"으, 지겹지도 않냐?"

"별로?"

"역시 변태……."

옆에서 빈둥거리는 청단이 아무리 지루함에 온몸을 뒤틀어도.

이안의 곡괭이질에는 한 치의 흔들림도 없었다.

'이건 다시 오기 힘든 기회야.'

그리고 그 이유는 단순히 세인트 크리스털을 빨리 확보하고 싶어서가 아니었다.

'정상적인 상황이라면 이렇게 아무 제약 없이 신성 광물을 퍼 줄 리가 없지.'

지금까지 수많은 퀘스트를 카일란에서 진행해 왔던 고인물의 촉이, 지금 최대한 많은 광석을 확보해야 한다고 말하고 있었으니 말이다.

'내 감이 틀렸을 수도 있겠지만, 어차피 퀘스트 클리어가

좀 늦어져도 상관없잖아?'

어차피 광맥을 찾아서 퀘스트를 진행한 이유 자체가 이 세인트 크리스털을 확보하기 위함이다.

그 말인즉, 설령 퀘스트에 실패하게 되는 상황이 온다고 할지라도, 지금 최대한 많은 원석을 확보하는 게 더 중요한 일이라는 말.

깡– 깡– 따앙–!

물론 퀘스트를 실패할 생각은 없다.

데이라의 유품을 전부 찾지 못한다면, 청단과의 친밀도가 떨어질 테니까.

그저 지금의 채광을 이안이 그 정도로 중요하게 생각한다는 이야기였다.

–채광에 성공하셨습니다.

–'세인트 크리스털 원석' 아이템을 획득하셨습니다!

–채광에 성공하셨습니다.

–'세인트 크리스털 원석' 아이템을 획득하셨습니다!

······중략······

–인벤토리가 '과적(過積)'상태가 되었습니다.

–이제부터 이동 속도가 3%만큼 둔화됩니다.

그리고 이렇게 집중해서 곡괭이질을 하다 보니, 좋은 일

(?)도 알아서 찾아왔다.

　띠링—!

　　—파티원 '듀프리'가, 퀘스트 아이템 '데이라의 가죽 가방'을 획득
하였습니다.

　"오……!"

　　—'가르엘 데이라'가 남긴 모든 유품을 확보하였습니다.

　큰 기대 않고 있던 듀프리와 쿠반 듀오가, 이안이 딴짓을
하는 동안 퀘스트의 마지막 조각을 완성했다는 메시지가 떠
오른 것이다.

　　—모든 조건이 충족되었습니다.
　　—파티원이 한자리에 모일 시, 퀘스트를 완수할 수 있습니다.

　메시지가 떠오르자마자, 파티 채팅 창에 채팅들이 올라오
기 시작하였다.

　　—루이사 : 오! 듀프리님! 어떻게 찾았어요? 아무리 뒤져
도 못 찾겠던데.

-듀프리 : 하하, 운이 좋았습니다.
  -아토즈 : 그럼 유품은 전부 다 찾은 거죠?
  -듀프리 : 그렇죠?
  -쿠반 : 이안 님! 어디서 모일까요?

 그리고 앞으로 다가올 재앙(?)을 전혀 눈치채지 못한 이안
은, 스스럼없이 자신의 좌표를 채팅 창에 공유해 주었다.

  -이안 : 내 위치 방금 공유했으니까, 다들 이쪽으로 오
도록.
  -듀프리 : 넵!
  -아토즈 : 알겠습니다!

 이안의 계산으로는 파티원들이 전부 다 자리에 모이고 나
면 그들이 정비할 시간을 갖는 동안 자신은 채광을 마저 마
치는 것.
 그러면 깔끔하게 퀘스트를 이어서 진행할 수 있을 것 같았
으니 말이다.
 '좋아. 한 1시간 정도만 더 채광하면 될 것 같으니까……
그 정도 쉽게 해 주면 다들 좋아하겠지.'
 귀찮게 남은 데이라의 유품을 찾으러 이동할 필요도 없었
으니, 이안의 기분이 더욱 좋아진 것은 당연한 수순!

"저희 왔습니다!"

"듀프리 님은 아직 안 왔나 봐요?"

"오고 있겠지."

하지만 이안은 잠시 후, 자신이 뭔가 잘못 생각했다는 것을 금세 깨달을 수 있었다.

"저희 왔습니다, 이안 님!"

"좋아. 고생했어."

"가죽 가방 찾은 것은 이쪽으로 두면 될까요?"

"일단 나한테 줘 봐."

그렇게 데이라의 모든 유품이 한자리에 모인 바로 그 순간······.

띠링-!

　─조건이 충족되었습니다.

　─퀘스트가 완수됩니다.

지금 이안의 손에서 열심히 혹사(?)되고 있던 곡괭이의 주인이, 그들의 눈앞에 나타났으니 말이었다.

　─잠시 후, '가르엘 데이라의 원혼'이 소환됩니다!

곡괭이가 주인을 찾아갔다.

띠링-!

　-'데이라의 곡괭이' 퀘스트 아이템을 건넸습니다.
　-'데이라의 스카프' 퀘스트 아이템을 건넸습니다.
　-'데이라의 가죽 가방' 퀘스트 아이템을 건넸습니다.

그리고 나라 잃은 표정이 된 이안은…….

　-모든 조건이 충족되었습니다.
　-'광맥을 찾아서(히든)(돌발)' 퀘스트가 완수되었습니다.

초점 없는 눈으로 시스템 메시지를 멍하니 응시하고 있었
다.

　-클리어 등급 : B$^+$
　-퀘스트 기여도 : 68.25%
　-기여도에 비례하여 골드와 경험치를 획득하였습니다.
　-퀘스트 보상으로 신격이 +1만큼 증가합니다.
　-퀘스트 보상으로 '세인트 크리스털' 아이템을 3개 획득하였습니다.

클리어 등급이 B+밖에 되지 않는 것도.
생각보다 짜게 책정된 경험치 때문에 레벨 업에 실패한

것도.

이안의 상실감에 조금의 영향도 주지 않았다.

이안이 허탈한 표정이 된 이유는 오직 하나뿐이었다.

"내 곡괭이……."

이안이 충격받은 이유는, 더 이상 채광을 할 수 없게 되었기 때문일 뿐.

"어이없네. 그게 왜 네 곡괭이야?"

청단이 어처구니 없다는 표정으로 이안에게 핀잔을 주었지만, 이안은 대꾸조차 할 힘이 없었다.

'아직 인벤토리 다 채우려면 멀었는데…….'

이안은 지금 최소 200개의 세인트 크리스틸을 잃어버린 기분이었으니 말이다.

우우우웅-!

-퀘스트가 완료되어, '가르엘 데이라의 원혼'이 소환됩니다.

이안은 지금 자책 중이었다.

'대체 왜 이 생각을 못 했을까?'

사실 조금만 깊게 생각해 봤다면, 퀘스트가 완수되는 순간 곡괭이를 사용하지 못할 수도 있다는 정도는 충분히 예상 가능한 범위였다.

어디까지나 고인물인 이안의 기준이지만.

그 때문에 본인의 안일함이 세인트 크리스털 200개라는 어마어마한 손실(?)을 가져왔다는 생각에, 자괴감이 들지 않을 수 없는 것.

물론 그런 이안의 속내는 이안 말고는 알 수가 없었으니.

다른 파티원들은 화색이 가득한 표정으로 '가르엘 데이라'가 소환되는 것을 지켜볼 뿐이었다.

-오오……. 내게도 드디어 소천(召天)할 기회가 주어지다니.

감격한 표정으로 나타난 가르엘 데이라는, 주변을 한 바퀴 둘러보았다.

그리고 다음 순간.

-……!

청단을 발견하고는 무척이나 놀란 표정이 되었다.

"뭐야, 날 이제 본 거야?"

퉁명스러운 목소리로 대꾸했으나, 그것과 별개로 반가운 표정을 숨기지 못하는 청단.

-오…… 청단 님! 청단 님을 다시 뵐 수 있게 될 줄은 몰랐습니다.

"나도 그래. 아저씨를 다시 볼 수 있게 될 줄은……."

그녀와 마찬가지로 환한 미소를 띠며 반가움을 숨기지 않는 가르엘 데이라.

-그럼 혹시 청단 님께서도 소천을 준비 중이신……?

"뭐야, 왜 멀쩡한 사람을 유령으로 만들려고 그래?"

-아……! 제가 착각을 했습니다. 무, 무례를 범했군요!

둘의 대화를 잠시 지켜보던 이안은 피식 웃을 수밖에 없었다.

청단과 가르엘 데이라의 관계는 무척이나 묘했으니 말이다.

'뭔가 기묘하네.'

호칭 자체는 '아저씨'라고 칭했지만 확실히 아랫사람을 대하듯 이야기하는 청단.

반대로 훨씬 어린 외모를 가진 청단을 깍듯이 윗사람으로 대하는 가르엘 데이라.

그들의 관계는 상당히 독특하면서도, 또 묘하게 어울리는 그런 그림이었다.

-아, 그러면 역시 저를 구해 주신 것은 청단 님……?

"아니, 그건 아니야."

-헛, 그렇다는 말씀은…….

"아저씨를 구한 건……. 여기 이안을 비롯한 친구들이거든."

얼추 대화가 일단락된 것인지, 가르엘 데이라가 이안을 향해 다가왔다.

이안이야 곡괭이를 뺏긴 상실감에 아직도 입이 댓 발은 나와 있었지만, 그렇게 눈치가 좋은 NPC는 아닌 모양이었다.

-정말 감사드립니다, 이안 님.

"별말씀을요."

퉁명스러운 이안의 말투에도 아랑곳 않는 데이라.

-이안 님이 아니었다면, 언제까지 이 차가운 광산 안에 갇혀 있었을 겁니다.

"그럼 뭐 뽀찌 같은 건 없어요?"

-옙? 뽀…… 뭐라고요?

"아, 아닙니다. 그냥 못 들은 거로 해 줘요."

사실 이안은 곡괭이를 다시 내놓으라는 말이 목구멍까지 올라와 있었다.

하지만 그 이야기를 꺼낼 수 없었던 이유는 청단과의 관계 때문이었다.

'연계 퀘스트가 어떻게 이어질지 모르는 상황이니까.'

그리고 이안의 예상대로 데이라는 연계 퀘스트에 대한 떡밥을 슬슬 꺼내기 시작하였다.

───※※───

"후우, 그나마 다행인 건가?"

이준의 중얼거림에 옆에 있던 현정이 고개를 끄덕이며 입을 열었다.

"그러게요, 팀장님. 듀프리라는 유저 덕에 이안 손에 들어간 '세인트 크리스털' 수량이 예상보다 엄청나게 줄어들었어요."

이안의 행보를 모니터링하는 동안, 이준은 과거에 나지찬에게 들었던 에피소드를 떠올리지 않을 수 없었다.

'그때 마계의 악몽이라는 말이 잘 와닿지 않았는데…….'

이안이 너무 변칙적이고 빠르게 콘텐츠를 전개한 탓에, 아직 공개되지 않았던 마계의 필드가 뚫려 버렸고.

그 탓에 홀로 강화석을 싹쓸이한 이안이 모든 장비에 압도적인 강화 수치를 부여했던, 사내에서 아주 유명한 사건.

'그때는 단순히 강화 콘텐츠였을 뿐이었지만…….'

어쩌면 이번 '세인트 크리스털 사건'은 그때보다 더 크리티컬하게 번질 뻔한 사건이었다.

세인트 크리스털은 단순히 강화에만 사용하는 소모품이 아닌, 신격 콘텐츠 전반에서 다양하게 소모할 수 있는 아이템이었으니까.

그냥 강화만 되는 거면 요정왕의 활을 고강 하는 정도에서 해프닝이 끝났을 텐데.

이 세인트 크리스털이라는 것은 새로운 신격 무기를 만들어 낼 수도 있고 신격 콘텐츠의 핵심인 신전을 업그레이드할 수도 있는.

아주 위험한(?) 물건이었으니 말이다.

"이안이 확보한 크리스털 개수가 총 몇 개지?"

"274개로 확인됐습니다."

"음, 그 정도면 신전 올리고 대장간까지 만들 수 있으려나……."

"그럴 것 같아요."

"후우……. 다행이야, 정말."

물론 270개가 넘는 세인트 크리스털도, 밸런스의 근간을 꽤 흔들 수 있는 크리티컬한 파괴력을 가진 건 맞다.

이 정도의 자원이면, 그렇지 않아도 높은 이안의 스펙을 최소 1.5배 정도 업그레이드시킬 수 있는 물량이니까.

하지만 여기서 대략 100개 정도만 이안이 물량을 추가로 확보했다면 신전을 다음 티어까지 업그레이드가 가능했을 터였고.

일단 그것은 막았으니 급한 대로 불은 끈 셈이었다.

신전 업그레이드까지 성공하여 이안이 '중급 신'이 되어 버렸다면…….

그것은 이번 에피소드가 종료되기 이전 시점일 확률이 높을 테고, 그렇다는 말은…….

'메인 시나리오 퀘스트까지 싹 다 꼬여 버릴 수도 있었지, 진짜.'

기획 7팀에 파멸이 올 뻔했다는 말과 다름이 없었다.

"듀프리한테 소매 넣기라도 해 주고 싶네."

"……"

"하루 동안 드롭률이라도 살짝 올려 줄까요?"

"그런 걸 했다간 바로 옷 벗어야 할걸."

"농담이죠, 농담."

"흐흐."

직원 하나와 실없는 농담을 잠시 나누던 이준은, 스크린 속의 이안을 다시 주시하기 시작하였다.

'일단 이안은 아마 서리감옥 퀘스트부터 진행할 테고…… 그때까진 세인트 크리스털의 파급력이 딱히 드러나지 않겠지.'

앞으로 이안의 행보를 미리 시뮬레이션해야 더 기민한 대응이 가능할 테니 말이다.

'거기까지 퀘스트가 일단락되면 이안은 분명 여명의 쉼터로 돌아올 테고, 곧바로 신전 업그레이드부터 감행하겠지.'

지금 이안의 목적은 아마 요정왕의 활보다 더 강력한 신격 무기를 얻어 내는 것일 터였다.

그리고 광산 퀘스트를 완료한 이상, 그러한 신격 무기를 제작하기 위해 가장 먼저 해야 할 일이 신전 건립이라는 것도 조만간 알게 될 터.

"이안이 서리 감옥 퀘스트까지 끝내는 데 시간이 얼마나 필요할까?"

"글쎄요, 팀장님."

"한 보름 정도 걸리지 않을까요?"

"좋아. 그럼 한 일주일 정도 걸린다고 보고 플랜을 짜면 되겠군."

"……."

머릿속에 생각이 어느 정도 정리된 이준이 팀원들을 한차례 훑어보았다.

"그때까진 다들 집에 갈 생각은 하지도 말라고. 알았지?"

그리고 이어진 이준의 엄포에, 울상이 된 7팀의 팀원들은 고개를 끄덕일 수밖에 없었다.

"네, 팀장님."

"네에……."

이안이 광산에 들어서는 것을 막지 못한 시점부터, 이 정도 야근은 예견되어 있던 것이나 다름없었으니 말이다.

"다들 아침 먹고 회의실로 모이도록. 전체 회의부터 한 번 갖고 시작하도록 하자."

이안이 퀘스트를 마무리하는 것까지 본 7팀의 직원들은, 각자 정비(?)를 위해 뿔뿔이 흩어졌다.

이들 중 지금 퇴근이 가능한 사람은, 마지막까지 이준의 옆에 남아 있던 오늘의 당직자 현정뿐.

"팀장님, 고생 많으셨어요."

"현정 씨가 고생 많았지."

퇴근하기 위해 가방을 챙기던 현정은, 문득 이준을 향해 다시 물어보았다.

"그런데 팀장님."

"응?"

"그냥 궁금해서 그런 건데요."

"말해 봐요."

마른침을 한차례 꿀꺽 삼킨 현정이, 다시 천천히 입을 열었다.

"저희 지, 진짜로, 시나리오 퀘스트 전체를 다 갈아엎어야 하는 건 아니죠?"

그리고 현정의 그 질문에, 이준은 비장한 표정이 되어 대답하였다.

"그러지 않도록…… 만들어 봐야지요."

*　*　*

결국 가르엘 데이라는, 자신의 유품을 모두 가지고 '베리타스'를 떠났다.

정확히는 이 폐쇄된 광산 안에 갇혀 있던 데이라의 혼백이 드디어 중간계로 승천하게 된 것.

"너 양아치냐?"

"뭐가."

결국 연계 퀘스트 수령이 끝난 뒤, 아쉬움을 참지 못했던 이안은, 곡괭이를 놓고 가면 안 되냐고 데이라에게 물어보았지만…….

"데이라는 그게 없으면 승천을 못 해요."

"그건 무슨 말이야?"

"그 곡괭이가 데이라의 영혼이 쌓은 모든 위격이 담겨 있는 물건이니까."

"아하."

"멀쩡히 중간자가 될 수 있는 영혼을 명계로 보내 버리려고 하다니……. 넌 역시 사악해."

"그걸 내가 알았나……?"

역시 이안이 예상했던 대로, 그것은 구조적으로 불가능한 바람이었다.

'그래도 채굴 가능한 곡괭이만 구하면 여긴 언제든 다시 올 수 있게 되었으니까.'

돌아 나온 광산의 입구를 잠시 물끄러미 바라봤던 이안은, 입맛을 다시며 다시 걸음을 옮기기 시작하였다.

이제 그가 향해야 할 곳은, 천공의 협곡 넘어에 있는 '천공의 얼음성' 필드.

마음 같아서는 이 세인트 크리스털을 들고 먼저 로페즈부터 찾아가고 싶었으나, 연계 퀘스트 때문에 그것은 불가능했다.

'천공의 얼음성'에서 진행될 연계 퀘스트는 광산 퀘스트와 달리 시간 제한이 존재했으니 말이다.

"자꾸 종알대지 말고, 움직이기나 하자, 청단."

"흥."

"데이라도 시간이 부족할 거라고 얘기했잖아."

"그렇긴 하지."

"여유를 부려도 일단 서리 감옥까지 진입하고 나서 부리자고."

그리고 한 가지 더.

이안 일행에 가장 큰 변화는 구성원이 달라졌다는 부분이었다.

"그나저나 다른 인간들은 잘 복귀했겠지?"

"누구? 내 파티원들?"

"그래, 그 애송이들."

지금까지 아토즈 등 네 사람과 계속 함께했던 이안은 이제 청단과 둘이서 움직이게 된 것이었다.

'천공의 얼음성'에서 진행될 연계 퀘스트부터는 신격을 갖지 못한 유저가 파티에 함께할 수 없도록 설계되었기 때문.

'같이 움직였으면 더 좋았겠지만…… 어쩔 수 없지, 뭐.'

그렇게 두 사람이 투닥거리는 사이, 어느새 천공의 얼음성 필드에 도착할 수 있었다.

꼿꼿

세인트 크리스틸을 200개 이상 잃어버린(?) 이안의 상실감.

그것만으로도 이안에게는 제법 큰 시련이었지만, 심지어 시련은 거기서 끝이 아니었다.

파팡– 촤아악–!

광산을 벗어나 필드 전투가 시작되자 생각지 못했던 변수가 하나 또 등장했던 것이다.

"잠깐."

"응……?"

"너 일부러 대충 하는 거야?"

"뭘?"

"그, 그러니까……."

분명 광산 안에서는 범접하지 못할 정도로 강력한 전투력을 보여 줬던 NPC 청단.

이안이 느꼈던 대로라면 자신보다 몇 배 이상은 강력한 힘을 가진 존재가 청단이었는데, 필드에 어슬렁거리는 200레벨 정도의 잡몹(?)조차도 한 방에 처치하지 못하고 있었던 것.

"뭔가 이상한데……?"

이안의 계산대로라면, 이곳 북부 대륙의 필드 몬스터들은 청단의 창질 한 방에 전부 나가떨어져야 정상이다.

서리 뿔 누크를 상대할 때 보여 줬던 전투력은 아무리 보수적으로 잡아도 그 이상이었으니까.

그런데 어쩐 일인지, 청단은 고작 220레벨의 트윈 헤드 트

롤조차 힘겹게 상대하는 중이었다.

'아니, 사실 '힘겹게'까지는 아니지만…….'

청단은 무려 3분이나 치열한 전투를 벌인 끝에 트롤을 처치해 냈다.

그러니까 비슷한 전사 클래스인 루이사와 비교했을 때, 좀 더 강한 수준은 되는 정도.

하지만 이 정도 전투력이라면 현 시점 이안의 전투력보다도 약한 수준이었고.

당연히 이안이 청단에게 기대하던 수준에는 한참 미치지 못했다.

그래서 이안은 혼란에 빠졌다.

원래 이안은 청단과 함께하는 동안 고속 버스에 탑승했다는 생각에 잔뜩 기대하고 있었으니까.

"혹시 배고파서 힘이 없는 건 아니지?"

"아닌데."

"아니면 혹시 나한테 불만이 있어서 일부러 대충 싸운다거나……."

"흠, 너한테 불만이야 한두 가지가 아니지만, 그렇다고 대충 싸운 적은 없는걸."

그래서 이안은 결국 물어볼 수밖에 없었다.

"그런데 왜 이렇게 약해?"

"약하다……?"

"그렇잖아. 이런 조무래기들을 상대로……."

그리고 이안의 그 물음에, 청단은 아주 뻔뻔한 표정으로 대답하였다.

"약하다니? 나는 지금 신력을 아예 사용하지 않고 있는 걸."

"뭐?"

"오히려 난 내 실력에 감탄 중이었다고."

"……?"

"신력도 사용하지 않고 이렇게 기술적으로 싸울 수 있다니!"

"……."

"난 역시 천재가 분명해!"

이안은 당황한 나머지 꿀 먹은 벙어리가 되었지만, 곧 청단이 약해진 원인을 이해할 수 있게 되었다.

그는 그 어떤 유저보다도 차원계 사이의 관계와 매커니즘에 대해서 잘 이해하고 있었으니 말이다.

"그러니까 광산 밖에서는 제대로 된 신력을 사용할 수 없다는 말이지?"

"그렇다니까."

"대체 왜?"

"바보야, 지상계에서 제약 없이 신력을 사용하는 게 애초에 가능한 일이라고 생각해?"

"……!"

카일란에서는 격이 다른 차원계 사이에는 전투력이 통용되지 않는 특이한 시스템을 가지고 있다.

지상계에서 아무리 레벨을 올려도 그것이 중간계에서 큰 영향을 주지 못하는 것처럼.

반대로 중간계에서 올린 초월 레벨이 지상계에서 전혀 힘을 발휘하지 못하는 것처럼 말이다.

다만 광산 필드가 예외였던 것.

"저 광산 내부가 신력을 사용할 수 있는 특별한 환경이었던 것뿐이야."

"환경?"

"세인트 크리스털 광맥에서부터 막대한 신력이 계속해서 뿜어져 나오고 있었으니까."

이안은 신력을 자유자재로 사용하는 청단이 특수 케이스라고 생각했는데, 청단이 아니라 필드가 특수 케이스였던 것이다.

'어쩐지, 치트키급 NPC를 너무 쉽게 준다 싶더라니…….'

그리고 한 가지 더.

'그러고 보니 신격 각성 옵션도 사라졌잖아?'

요정왕의 활에 갑자기 생겼던 사기적인 옵션인 '신격 각성'도 어느새 사라져 있었다.

'신격 각성이라는 것도 결국 신력을 제대로 사용할 수 있

는 환경에서만 발동되는 옵션이었던 건가?'

그 또한 광산이라는 특수한 환경에서 일시적으로 생겼던 옵션이었던 것.

"휴우……."

그래서 이안은 한층 더 우울해졌다.

'이러면 계획에 차질이 꽤 많이 생기는 건데…….'

며칠 만 있으면 순식간에 주파할 수 있을 것이라고 생각했던 얼음성 퀘스트.

정확히는 '잘못된 것 바로잡기'라는 이름을 가진 이안의 메인 신화 퀘스트를 이제 날로 먹을(?) 수는 없게 되었으니 말이다.

"청단."

"응?"

"너, '만년 서리 감옥'의 위치를 알고 있다고 했었지?"

"물론."

"그럼 앞장 좀 서봐."

'잘못된 것 바로잡기' 퀘스트의 목적은, 사실 무척이나 단순하다.

'만년 서리 감옥'에 잠입하여, 하급 신 '아디아네르'라는 NPC를 구해 내기만 하면 클리어 조건이 충족되는 퀘스트였으니까.

"흠, 그야 어렵지 않은데……."

"그런데?"

"이안, 너 조금 건방져진 것 같다?"

하지만 천공의 협곡보다 상위 필드인 천공의 얼음성.

그 안에서도 히든 필드임이 분명한 '만년 서리 감옥'의 난이도는, 굳이 경험해 보지 않아도 얼마나 어려울지 충분히 짐작할 수 있었다.

"내가?"

"응, 네가."

하지만 이 슬픈 상황 속에서도 한 가지 즐거움이 있었으니…….

"그건 아마도 네 착각일걸."

"흐으음…….."

"아마 원래부터 난 건방진 편에 속했을 테니까."

"……!"

"뭐 해? 길이나 좀 빨리 찾아 봐."

청단의 신력이 봉인된 덕에 더 이상 그녀의 눈치를 볼 필요가 없게 되었으니 말이다.

"우씨! 이 자식, 버릇을 고쳐 줘야겠는데?"

"그럼 지금 한판 해보든가."

"……!"

"이 기회에 확실히 아래위를 정해 보는 것도 나쁘지 않겠어."

이죽거리는 이안을 본 청단은 분한 표정이 되었지만, 사실 그녀도 잘 알고 있었다.

'저 얄미운 자식이……!'

신력이 봉인된 상태에서는 절대 이안을 이길 수 없다는 사실을 말이다.

───※───

첫 번째 시나리오가 마무리되고 글로벌 퀘스트가 공개된 지 3일이라는 시간이 빠르게 지나갔다.

그리고 3일이 지났다는 말은, 이 '구원의 첫걸음' 퀘스트의 제한 시간이 코앞으로 다가왔다는 말과 일맥상통하는 것.

하여 글로벌 퀘스트의 마감을 앞에 둔 지금, 커뮤니티의 분위기는 무척이나 시끌벅적했다.

-크! 이제 10분 뒤면……!

-보상 개꿀!

부정적인 의미에서의 시끌벅적함은 당연히 아니었다.

마족 진영과 인간 진영 양측 모두 퀘스트 클리어를 위한 기본 조건은 진즉에 충족한 상황이었으니 말이다.

-현재까지 수집된 진실의 조각

인간 진영 (137,502/100,000)

마족 진영 (143,321/100,000)

이미 퀘스트에 참가한 모든 유저들의 퀘스트 클리어는 확정되어 있는 상황이었고.

그 때문에 유저들의 관심사는, 어떤 추가 보상을 얻을 수 있을지에 대한 것들 뿐.

-다들 조각 얼마나 모으셨어요?

-저는 3개 모았어요.

-와 3개……! 부럽다. 저는 겨우 1개 먹었는데.

-저는 7개요.

-7개요?

-대박! 7개 모은 사람은 처음 보는데 ㄷㄷㄷ

-운이 좋았어요. 쉬운 퀘스트들만 걸려서요.

각자 획득한 진실의 조각 숫자에 따라 얻을 수 있는 보상이 차등 지급된다고 하니, 조각을 많이 획득한 유저일수록 기대감은 더욱 클 수밖에 없었던 것이다.

-전 조각은 하나밖에 못 얻었는데, 히든 퀘스트 얻어서 개꿀입

니다.

　-와, 히든 퀘요?

　-기대도 안 했는데, 여우 수인족들 아티펙트 관련 퀘스트가 떨어지더라구요.

　-우, 우와……!

　-그거 진행한다고 조각 파밍은 더 못 했는데……. 추가 보상 넘 좋으면 배 아플 듯.

　-……욕심이 과하시네요. 히든 퀘스트로 만족하시죠.

　-심지어 이번에 등장하는 히든 퀘스트들은 전부 다 메인 시나리오 관련 퀘스트들이라던데…….

　-ㅎㅎㅎ

그리고 또 하나.

커뮤니티 유저들의 관심은 추가 보상 외에 다른 부분에도 쏠려 있었다.

　-그나저나 커뮤니티에 공유된 진실의 조각들 보니까, 스토리 진짜 흥미롭던데요?

　-그쵸? 저는 진짜 영상으로 올라온 건 하나도 안 빠지고 다 눌러 봤어요.

　-대박! 수천 개도 넘는 영상을 다 보셨다고요?

　-중복되는 영상들이 많아서 사실 천 개까지는 안 되지만……. 3

일 내내 영상만 본 것 같네요, 저는.

　-우와, 그럼 스포 좀 해 주세요.

　-스포요? 스포당하는걸 바라시는 분은 또 처음 보네.

　-이제 곧 다음 퀘스트 시작이잖아요.

　-그렇죠?

　-분명히 연계 퀘스트 진행할 때 스토리를 알아 둬야 할 것 같아
서요.

　-아하.

　이 '구원의 첫걸음' 퀘스트에서 유저들이 모아야 했던 '진
실의 조각'이라는 아이템.

　여기에는 저마다 고대 종말의 날에 대한 스토리를 담고 있
었고.

　마치 퍼즐 조각처럼 흩어진 그 스토리들을 하나하나 짜 맞
추는 것 또한 게임 플레이만큼이나 유저들에게 흥미로운 일
이었던 것이다.

　-저는 조회 수 높은 영상들만 골라봤는데, 결국 종말의 원흉은
마신 때문인 것 아닌가요?

　-아, 그 벨라딘인가 하는 마신요?

　하여 많은 유저들은 자신들이 얻은 정보들을 토대로 갑론

을박 논쟁을 벌이기도 하였으며…….

그 과정에서 많은 다양한 의견들과 추론들이 커뮤니티에 쌓여 갔다.

　-저도 처음엔 그렇게 생각했는데, 꼭 그렇지만은 않은 것 같더라고요.
　-그래요?
　-천신들 중에서도 연계된 신들이 따로 있고……. 마신들 중에서도 반대파가 따로 있던 것 같아요.

하지만 이렇게 다양한 의견들이 튀어나오는 가운데서도 모든 유저들의 공통된 생각이 하나 있었으니…….

　-그나저나 이번 시나리오 퀘스트는 스케일 진짜 미친 것 같아요. 그렇죠?
　-그러니까요.
　-조각마다 스토리와 관련된 영상이 수백 가지가 넘는 걸 보고 진짜 경악했다니까요?

그것은 바로 이번 시나리오의 디테일과 스케일이 상상을 초월하는 수준이라는 부분이었다.

-저는 이제 슬슬 게임으로 돌아갑니다!

-보상 뜰 때 됐네요. 저도 게임하러 고!

하여 이렇게 수많은 유저들의 기다리던 가운데.

우우우웅-!

드디어 베리타스 서버의 첫 글로벌 협력 퀘스트 종료가 다가왔다.

-'구원의 첫걸음(서사)(협력)' 퀘스트가 10초 뒤에 종료될 예정입니다.

-'구원의 첫걸음(서사)(협력)' 퀘스트가 9초 뒤에…….

지난 3일 동안 이 협력 퀘스트를 위해 밤까지 지새우며 플레이했던 유저들은 두근거리는 심정으로 퀘스트의 종료를 기다렸으며.

띠링-!

-'구원의 첫걸음(서사)(협력)' 퀘스트가 종료되었습니다.

-'인간 진영'의 유저들이 전부 퀘스트 조건을 충족하였습니다.

-'마족 진영'의 유저들이 전부 퀘스트 조건을 충족하였습니다.

드디어 그들의 눈앞에, 기다리고 기다렸던 보상 메시지가 떠오르기 시작하였다.

 -퀘스트를 성공적으로 클리어하셨습니다!
 -보유 중인 진실의 조각 개수 : 17
 -'구원의 목걸이(영웅)(에픽)' 아이템을 보상으로 획득하였습니다.
 -'진실에 다가간 자' 칭호를 보상으로 획득하였습니다.
 -명성을 1,500만큼 획득하였습니다.
 ……중략……
 -추가 보상으로, '고대 진실의 보따리' 아이템을 17개만큼 획득
하였습니다!

그리고 이 글로벌 퀘스트 보상을 기다렸던 것은, 랭커들
또한 마찬가지였다.
"오빠, 보따리 몇 개 받았어?"
"넌 몇 갠데?"
그리고 그 랭커들 중, 이안과 함께 시나리오 퀘스트를 진
행했던 아토즈와 루이사 또한 당연히 포함되어 있었다.
"난 열 15개."
"으흐흐. 내가 2개 더 많군."
"뭐?"
이안의 파티에 있던 랭커들은 따로 수인족을 찾아다니며
'진실의 조각'을 파밍하지는 않았지만.

반대로 이안과 함께하는 모든 시나리오를 진행하면서 자연스레 '진실의 조각'들이 인벤토리에 들어왔던 것이다.

　　"이거 진실의 조각 개수만큼 보따리를 주는 건가 본데?"

　　"맞아. 그런 것 같아."

　　그래서 보상을 확인한 아토즈와 루이사는 싱글벙글하지 않을 수 없었다.

　　"크, 그나저나 달달하네. 커뮤 보니까 최고로 많이 파밍한 유저들도 10개를 넘지 못하던데."

　　"그러게. 우리가 꿀 빨았지, 뭐."

　　'고대 진실의 보따리'를 오픈해 보기 전까지는 말이었다.

여신 아디아네르

띠링-!

　-'천공의 얼음성' 필드에 입장하였습니다.
　-'천공의 얼음성' 필드를 최초로 발견하셨습니다.
　-이제부터 3일 동안 '천공의 얼음성'에서 획득하는 모든 경험치
가 2배로 적용됩니다.
　-이제부터 3일 동안 '천공의 얼음성'에서 드롭되는 모든 아이템
의 드롭률이 2배로 적용됩니다.
　……후략……

목적지였던 천공의 얼음성에 도착하자, 거센 냉기의 폭풍

과 함께 익숙한 시스템 메시지들이 이안을 반겨 주었다.

'여기가 천공의 얼음성……'

평범한 유저들은 게임을 플레이하는 동안 한 번 마주하기도 힘들지만, 이안에게는 어느 순간부터 밥 먹듯 당연한 것이 되어 버린 필드 최초 발견 메시지.

때문에 이안은 이 당연한(?) 메시지들보다는 눈앞에 펼쳐진 장관에 더 시선이 고정되어 있었다.

'말 그대로 얼음으로 지어진 거대한 성채네.'

카일란의 필드들 중 감탄이 나올 만한 경관은 한두 곳이 아니었지만, 이렇게 거대한 규모에 특별한 분위기를 풍기는 필드가 흔한 것 또한 결코 아니었으니 말이다.

"크……!"

하지만 감탄은 잠시 뿐.

이안의 머릿속은 다시 복잡해질 수밖에 없었다.

'그나저나 겉에서 봐도 이 정도면……'

지금 이안은 이 얼음성 안에서 '만년 서리 감옥'이라는 히든 필드를 찾아내야 하는 상황인데, 대충 훑어봐도 성채 내부가 어마어마하게 복잡할 것 같은 느낌이었으니 말이다.

일단 천공의 얼음성부터가 기본적으로 히든 필드로 분류되는데, 그 히든 필드 안에 숨겨진 더 하드 코어한 히든 필드가 바로 만년 서리 감옥.

기획 팀이 얼마나 악랄하게 필드를 만들어 놨을지는, 굳이 경험해 보지 않아도 알 수 있는 부분이었다.

'고생문이 훤하군.'

하여 이안은 맵과 성채의 구조를 대조하며 유심히 관찰하기 시작하였다.

겉에서 본다고 내부 구조를 다 알 수 있는 것은 당연히 아니었지만, 최소한의 정보를 분석하고 시작하는 것과 그렇지 않은 것 사이에는 분명한 차이가 존재했으니 말이다.

때문에 이안은 필드를 외곽으로 돌며 가장 높은 지역을 찾아 자리를 잡았고.

그런 그를 따라다니며 함께 성채를 구경하던 청단이 문득 입을 열기 시작하였다.

"오랜만에 와도 여긴 그대로인 것 같네."

"오랜만?"

"오래 전 '천공의 군주'께서 기거하실 땐 이곳에 사자(使者)로 많이 왔었으니까."

성채의 구조에 시선이 고정되어 있던 이안은, 청단의 말을 듣자마자 그녀를 향해 고개를 휙 돌렸다.

"천공의 군주? 그게 누군데?"

그녀의 이야기에서, 시작부터 흥미로운 정보의 냄새가 진동하고 있었으니 말이다.

"과거 베리타스가 신들에게 버려지기 전…… 이곳 북부 대륙을 다스리던 신을 칭하는 칭호야."

이안의 두 눈이 반짝이기 시작하였다.

경험상 이런 대화의 흐름 안에서 조금만 이야기를 잘 유도한다면, 꽤 많은 정보들을 뽑아낼 수도 있으니 말이다.

"북부 대륙을 다스리던 신이라……. 그런 얘기는 처음 듣는데."

"그건 당연해."

"왜?"

"평범한 인간들은, 이곳 천공의 얼음성이라는 곳이 존재한다는 사실도 알지 못하니까."

"오호."

"종말의 날 이후, 내가 알기로 천공의 군주께선 천궁에 있는 빙룡각주로 발령 나셨어."

"천궁이라면…… 신계에 있다는 네 고향을 말하는 거지?"

"고향? 음…… 뭐 그런 표현도 나쁘지 않은 것 같기는 하네."

오랜만에 과거의 기억들이 떠오른 건지, 청단은 이안에게 꽤 많은 이야기들을 주저리주저리 늘어놓았다.

그리고 그 이야기들 속에서, 이안은 세계관과 관련된 많은 정보들을 얻을 수 있었다.

'재밌네.'

그중에는 당장 이안에게 도움될 만한 정보들도 분명히 있었고 말이다.

"어쨌든 네 말대로라면 지금 이 얼음성은 빈집이나 마찬가지인 거네?"

"빈집이라고 할 수는 없지. 단지 성주가 없을 뿐인 거니까."

"성주가 없으면 네가 말했던 그 강력한 성주의 친위대도 없을 테고……."

"음."

"상주하는 천궁의 정예 병사들도 많지 않을 거라며?"

"그건 맞지."

이안의 이야기에 어깨를 으쓱한 청단이 다시 입을 열었다.

"그런데 이안, 너 그거 알아?"

"뭐?"

청단이 피식 웃으며 본인을 가리켰다.

"군주님의 친위대는 한 명 한 명이 최소 나만큼 강력한 친구들이라는 거."

"……!"

"물론 그들이 지상계에서 발휘할 수 있는 힘에는 한계가 분명 존재하지만……."

잠시 뜸을 들인 그녀가 마지막으로 한 마디를 덧붙였다.

"만약 여기에 아직도 군주께서 기거하셨다면 우린 아디아네르 님을 구출하는 계획 자체를 시도조차 해 보지 못했을 거야."

청단의 말에 의하면, 이곳 얼음성에서 가장 조심해야 할 존재들은 '천궁의 정예 병사'들.

그들은 신계를 기준으로 본다면 최하위의 위격을 가진 이들이지만.

그렇다 하더라도 개개인이 모두 '신격'을 가진 강력한 존재들이라고 하였다.

"가능한 놈들을 마주치지 않고 만년 서리 감옥을 찾아내야 해."

"지금 우리의 전력으로 이길 수 없는 녀석들일까?"

이안의 질문에 잠시 고민하던 청단이 고개를 저으며 대답했다.

"우리가 상대하지 못할 정도는 아닌데, 그래도 여럿이 동시에 달려들면 상당히 곤란해질 거야."

"흠, 여럿이라면…… 셋 이상?"

"글쎄? 한 사람당 두 녀석을 동시에 상대해야 하는 상황만 와도……. 내 생각에는 꽤나 위험해질 수 있어."

기본적으로 지상계에서는 신력을 사용할 수 없는 게 맞다.

하지만 신계로부터 명확한 임무와 목적을 갖고 파견된 이들은 일정 수준 이상 지상계에서도 신력을 사용할 수 있도록 허락받았고.

그 때문에 신력을 어느 정도 사용할 수 있는 천궁의 정예 병사들은 어마어마한 전투력을 보여 줄 것이라는 게 청단의 이야기였다.

"그러고 보니, 잠깐만……?"

"음? 왜?"

"생각해 보니까 너……."

이안의 등에 메고 있는 활을 손가락으로 가리킨 청단이, 새삼 놀랍다는 표정으로 이안을 향해 다시 물었다.

"광산을 나와서도 신력을 계속해서 사용하고 있잖아?"

"뭐, '신격 각성'을 사용할 수 없다는 것만 제외하면 그렇지?"

청단이 묘한 표정으로 다시 말을 이었다.

"그렇다는 말은 너도 신계로부터 일정 부분 '신력의 사용'에 대해 허락을 받았다는 말인데……."

두 눈이 게슴츠레해진 청단이 추궁하듯 이안을 향해 다시 물었다.

"너, 정체가 대체 뭐야?"

"정체?"

"그렇잖아, 일단 인간은 아닌 것 같은데……. 그렇다고 신이라기에는 너무 모순이 많고."

"글쎄."

하지만 이안은 청단의 그 질문에 대답해 줄 생각이 딱히 없었다.

"뭐야. 이번에도 답을 피할 셈이야?"

"뭐, 피한다기보다는 딱히 대답해 줄 이유가 없어서?"

"쳇."

지금이야 청단이 이안에게 우호적인 포지션을 가진 NPC가 맞았지만.

아직 에피소드와 청단의 배경이 전부 밝혀지지 않은 상황이니만큼, 가진 패를 전부 까서 보여 주는 것은 별로 좋은 선택이 아니라는 것을 본능적으로 알고 있었기 때문이었다.

"어차피 지금 중요한 건, 우리의 목적이 같다는 부분이잖아. 그렇지 않아?"

"그건…… 맞지."

이안이 씨익 웃으며 청단을 향해 한 마디 덧붙였다.

"일단 아디아네르 님을 구출하고, 그다음에는 네가 찾아야 한다는 그 신물들을 전부 다 찾아내고……. 다른 것들은 그 뒤에 생각해도 늦지 않을 것 같은데?"

이안의 이야기에 청단은 말없이 고개를 끄덕였다.

"뭐, 맞는 말이야. 어차피 나중에는 알게 될 수밖에 없는 부분이기도 하고."

사실 이안의 정체에 대한 호기심은 말 그대로 호기심일 뿐.

지금 청단에게 그리 중요한 부분이 아니었으니 말이다.

"나중에는…… 알게 될 수밖에 없다고? 그건 또 무슨 말이지?"

"글쎄. 이번에는 내가 대답해 줄 이유가 없는 것 같은데?"

"쳇."

하여 이안을 향해 피식 웃어 보인 청단은, 시선을 다시 천공의 얼음성으로 향했다.

"그러니까 그 사전 조사라는 게 끝났으면, 이제 슬슬 안으로 들어가기나 하자고."

"왜 이렇게 재촉하실까?"

얼음성을 내려다보는 청단의 표정은 어쩐지 기대로 가득 찬 느낌이었다.

"재촉이라……. 그런 건 아닌데?"

"그래?"

"사실 급한 건 나보다 너잖아."

"흠."

"난 단지 지금 이 시간이 지루할 뿐이라고."

청단의 말대로 사실 급한 쪽은 이안이라고 할 수 있었다.

이 '잘못된 것 바로잡기' 퀘스트에는 지금 제한 시간이 걸려 있었으니까.

'제한 시간이 왜 걸린 건지는 아직 모르겠지만……. 그래도 이제 슬슬 움직일 때가 되긴 했지.'

그래서 고개를 끄덕인 이안은 슬슬 얼음성에 진입하기로 결정하였다.

"그래, 뭐……. 이제 시작해 보자고."

"좋아."

필드의 커다란 구조는 충분히 파악했으니 이제 길잡이(?) 청단의 도움을 받으면 충분히 '만년 서리 감옥'을 찾아낼 수 있으리라.

"여기에 여러 번 와 봤다면, 길은 전부 기억하고 있겠지?"

물론 그 과정이 쉽지는 않겠지만 말이다.

"야."

"뭐?"

"너는 몇 천 년 전에 가 봤던 동네를 다 기억할 수 있을 것 같아?"

"……."

"내가 어…… 꽤 똑똑한 편이기는 하지만, 나한테도 그런 건 불가능하다고."

특유의 장난기 어린 목소리로 이안을 쏘아붙인 청단은 성큼성큼 걸음을 옮기기 시작했다.

그리고 그 모습에 이번에는 어이없는 표정이 된 이안이 다시 물어보았다.

"뭐야, 근데 왜 그렇게 자신 있게 성채로 향하는 건데?"

"뭐?"

"기억 못 한다며?"

"못 하지."

"그런데 마치 다 안다는 듯이 그렇게 움직이는 건……."

하지만 이안의 당황한 목소리에도 청단은 여전히 걸음을 멈추지 않은 채 피식 웃어 보일 뿐이었다.

"그래도 '감'이라는 건 있잖아. 일단 가 보는 거지, 뭐."

아토즈는 우울했다.

"믿을 수 없어."

그는 지금, 수천 개도 넘는 인증 글이 올라와 있는 카일란의 커뮤니티 게시판을 읽는 중이었다.

"이건 사기야. 아니, 버그라고."

아토즈가 우울한 이유는 간단했다.

"어떻게 이럴 수가 있지?"

그것은 바로, 오늘 오전에 오픈한 열일곱 개의 '고대 진실의 보따리' 때문.

[인증글]보따리 세 개 까서 영웅 등급 고대 장비 겟-!

더 정확히는, 열일곱 개의 보따리를 까서 얻은 결과물이 전부 '꽝'이라는 사실을 도저히 믿을 수 없었기 때문이라고 할 수 있었다.

"아니, 확률 표에는 분명…… 세 개당 하나 정도는 장비가

뜬다고 되어 있는데…….”

'고대 진실의 보따리'는 커뮤니티에서 'LB 선물 세트'라고 불릴 정도로 훌륭한 구성을 가지고 있었다.

일단 30%가 넘는 확률로 고대 장비 세트 중 하나를 드롭하는데.

그 고대 장비 대부분이 최소 영웅 등급 이상의 준수한 성능을 가지고 있었으니 말이다.

물론 이미 전설 등급으로 거의 모든 장비를 맞춘 아토즈에게야 영웅 등급 장비는 큰 의미가 없었지만.

그래도 그것을 거래소에 판매하면 꽤 짭짤한 용돈을 벌 수 있었을 터.

“말도 안 돼.”

하지만 아토즈는 무려 열일곱 개의 보따리를 획득했음에도 불구하고, 단 한 개의 고대 장비조차 얻을 수 없었다.

그리고 이렇게 불운할 확률은…….

확률적으로 0.1퍼센트도 되지 않는 극악한 수준이라고 할 수 있었다.

신계에는 수많은 신들이 존재한다.

이들은 평범한 존재들과 달리, 각각이 카일란이라는 세계관을 구성하는 기둥들이기도 하다.

카일란의 세계에는 수많은 차원계가 존재하며.

그 모든 차원계의 크고 작은 구조물들이 존재하기 위해서는 각각 그것을 관장하는 신들이 필요하니 말이다.

그리고 이렇게 많은 신들이 존재하기 때문에.

신계 또한 다른 차원계처럼 그 구성원 간에 다양한 이해관계와 세력들이 존재한다.

신이라고 해서 이기심이 없는 것이 아니었으며, 신이라고 해서 완전한 존재도 아니었으니까.

신들 중에서도 완전 무결한 존재는, 오직 카일란의 세계를 창조한 창조주뿐.

그래서 카일란의 세계관 안에 종종 공개되는 신들과 관련된 스토리는 흥미로운 것들이 꽤 많았다.

"그러니까 베리타스가 신들에 의해 버려진 건……. 결국 오해 때문이었다는 거네?"

"단순한 오해라기보다는, 어떤 흑막 때문이라고 표현하는 게 맞겠지?"

그리고 같은 맥락에서…….

"하긴. 그 오해가 생긴 원인이 결국에는 몇몇 신들 때문이니까."

"재미있네. 신들은 어떤 의도를 가지고 그런 오해를 만들어 낸 걸까?"

"일단 '마신 벨라딘'과 관련된 퀘스트를 하나라도 빨리 찾아내는 게 중요하겠어."

이번에 공개된 베리타스 서버의 신규 에피소드 또한 상당히 흥미로운 배경을 담고 있었다.

얼룩 지우기 (서사)(협력)

베리타스 곳곳에 퍼져 있던 진실의 조각들이 전부 모였다.

그 조각들을 통해 지금껏 왜곡되어 있던 수많은 진실들을 알게 되었고,

덕분에 베리타스의 몰락이 '부당한 희생'이라는 사실까지도 알 수 있게

되었다.

……중략……

하여 구원의 첫걸음을 성공적으로 내디딘 당신들은, 이러한 부당함을

지금이라도 바로잡고 다시 신성의 은총을 되찾고자 한다.

……중략……

하지만 그에 앞서 가장 먼저 해결돼야 할 것은, 아직도 이 베리타스에

남아 있는 오해의 잔재들.

가장 중요한 진실들을 가리고 있는 그 얼룩들을 지워 내지 못한다면 결

국 이 재앙을 만들어 낸 어둠의 그림자를 걷어 내지 못할 것이다.

……중략……

진실의 조각들에 따르면, 베리타스에는 아직 어둠의 망령들이 곳곳에

남아 있다.

그들을 모두 처치하고 그들에 의해 가려져 있던 진실까지 완벽히 파헤

친다면, 구원에 또 한 걸음 다가갈 수 있을 것이다.

대륙의 곳곳에 숨어 있는 악령들을 최대한 많이 처치하라!

악령들이 처치되면 처치될수록 구원의 빛은 더욱 선명하게 빛나리라.

-퀘스트 난이도 : A+

-퀘스트 조건 : 레벨 80 이상

-제한 시간 : 없음

*글로벌 퀘스트입니다.

퀘스트에 참가한 유저들이 '어둠의 망령'을 처치할 때마다, 처치한 망령의 전투력에 비례하여 진영 점수가 증가합니다.

–현재까지 진영 점수

인간 진영 0Point

마족 진영 0Point

*양 진영의 합산 점수가 100만 Point를 달성하면, 퀘스트가 종료됩니다.

*개인이 쌓은 Point가 높을수록 획득하는 보상이 많아집니다.

*'고대의 수인족'들로부터 '얼룩 지우기'와 관련된 서브 연계 퀘스트를 획득할 수 있습니다.

보상 : 구원의 머리띠(영웅)(에픽)

'진실에 다가간 자 II' 칭호

명성 1,500

"이번 퀘스트가 클리어되고 나면 뭔가 숨겨진 에피소드가 등장하겠지?"

"그러게. 보상도 꿀이긴 한데, 보상보다 스토리가 궁금한 퀘스트야."

"난 그래도 보상이 더 꿀."

"쯧쯧, 이런 물질 만능 주의 같으니라고……. 넌 왜 애가 낭만이 없냐."

"얼어 죽을 낭만 같은 소리 하네."

글로벌 퀘스트를 전부 확인한 아토즈와 루이사는 여느 때처럼 티격태격하고 있었다.

"장대한 세계관과 흥미진진한 스토리! 그게 RPG 게임의 낭만이거늘."

"아, 그래서 오빠가 깐 고대 상자가 전부 꽝이었나보다."

"……!"

"가챠에서 연속해서 꽝이 나오는 것도 흥미진진한 모험의 일부가 아니겠어?"

"닥쳐, 루이사."

이안에게서 해방(?)된 뒤.

아토즈와 루이사는 한동안 함께 움직이고 있었다.

원래 견원지간인 둘은 절대 듀오로 파티 플레이를 하지 않았었다.

하지만 이안과 함께하는 동안 손발을 워낙 잘 맞춰 둬서 파티 플레이의 효율이 너무 좋아진 것이다.

원래부터 전사 클래스와 마법사 클래스는 궁합이 괜찮기

도 했는데, 이안의 스파르타식 파티에서 합까지 맞춰 두니 최고의 시너지가 날 수밖에 없던 것.

그래서 두 사람은 말하자면 전략적 제휴를 맺은 상태였다.

"그나저나 이안 님은 뭘 하고 계시려나."

"글쎄. 그 양반이 이 시나리오의 중심에 있는 건 확실한데……."

"오빠는 이안 님이 부르면 다시 파티에 합류할 거야?"

"그, 글쎄. 그건 그때 가 봐야……."

"하겠네, 하겠어."

"……."

"젠장."

"왜 또 '젠장'이야?"

"오빠가 하면 나도 해야 할 것 같으니까."

"……?"

"'그 파티'에 들어간 사람과 안 들어간 사람 사이에 레벨 차이는 불 보듯 뻔한 거 아니겠어?"

"그야 그렇지."

이안을 잠시 떠올린 두 사람은 고개를 절레절레 흔들었다.

"휴…… 퀘스트나 하러 가자."

"그러자고."

이안 덕을 톡톡히 본 두 사람이었지만, 그 스파르타식 파티 운영을 떠올리면 소름부터 돋는 것은 어쩔 수 없는 모양이었다.

※

처음부터 예상했던 대로 '천공의 얼음성' 필드는 무척이나 복잡하고 하드 코어 했다.

"후우, 드디어 찾았나?"

"아무래도 맞는 것 같지?"

"이번엔 맞을 거야. 여기가 아니면 더 이상 있을 만한 장소가 없어."

청단이라는 괜찮은 길잡이가 있었음에도 불구하고, 얼음성 내부에서 '만년 서리 감옥'을 찾는 데까지 상당히 오랜 시간이 걸렸으니 말이다.

'여기서 하루 내내 고생할 줄은……'

시간만 문제가 아니었다.

조금이지만 신력을 사용할 수 있는 얼음성의 필드 몬스터들은, 상당히 까다롭고 강력한 녀석들이었으니까.

'사냥 효율로만 따지면 정말 최악이었지.'

천공의 얼음성 최초 발견으로 배율 버프를 받고 있음에도 불구하고 수지타산이 맞지 않을 정도의 극악한 사냥 난이도.

띠링─!

하지만 고생 뒤에는 달콤한 보상이 항상 따라온다고 했

던가?

-'만년 서리 감옥' 필드를 발견하였습니다.

"됐다!"
"드디어 찾았네."
'만년 서리 감옥'을 찾은 직후 떠오른 시스템 메시지는 그 고생들을 잊게 만들 정도로 달달한 내용들을 포함하고 있었다.

-'코어 히든 필드'를 발견하셨습니다.
-이제부터 2일 동안 '만년 서리 감옥'에서 얻는 모든 경험치가 2배로 적용됩니다.
-이제부터 2일 동안 '만년 서리 감옥'에서 드롭되는 모든 아이템의 드롭률이 2배로 적용됩니다.
-이미 '최초 발견 버프'가 적용 중입니다.
-히든 필드 내부의 '코어 히든 필드' 발견 보상이므로 버프가 중첩 적용됩니다.
-모든 버프는 곱 연산으로 적용됩니다.

최초 발견 버프의 중첩 적용은 고인물 중의 고인물인 이안도 처음 겪어 보는 수준의 강력한 보상이었으니 말이다.

'곱 연산? 그럼 4배야?'

'천공의 얼음성' 최초 발견 보상 버프는 3일 동안 지속되는 2배 버프였다.

그리고 방금 발동된 '만년 서리 감옥' 최초 발견 보상 버프는, 2일 동안 지속되는 2배 버프.

가지고 있던 첫 번째 버프가 약 2일 정도 남은 상황이었으니, 앞으로 2일 동안 깔끔하게 4배 버프를 받을 수 있게 된 것이다.

"여기서 이틀은 무조건 비벼야겠네."

아무리 사냥 효율이 나쁘다 해도 4배 버프는 2배 버프와 차원이 다르다.

만년 서리 감옥 필드의 난이도가 분명 얼음성 필드보다 더 높은 수준일 테지만, 그것을 상쇄하고 남을 정도로 강력한 버프라는 말이다.

"으음…… 만년서리 감옥이 미로 같은 구조라고 듣긴 했는데, 그래도 아디아네르 님을 찾는 데에는 한나절 정도면 충분하지 않을까?"

그래서 이안은 퀘스트와 별개로, 버프를 알뜰하게 다 챙겨 먹을 생각이었다.

"아니, 2일 걸릴 거야."

"……?"

"아무튼 2일은 걸릴 예정이니까, 지금부턴 좀 차근차근 움직이자고."

메시지를 전부 확인한 이안은 오랜만에 퀘스트 창을 띄워 보았다.

아디아네르 구출까지 남은 제한 시간을 확인해 보기 위해서 말이다.

　-남은 시간 : 75 : 52 : 37

그리고 이것까지 확인한 이안의 표정은 무척이나 흡족해졌다.

'좋아. 충분하네.'

퀘스트의 제한 시간도 아직 3일 이상 남아 있었으니, 알뜰하게 2일의 최초 발견 버프를 전부 활용할 수 있게 된 것이다.

"앞장서, 청단."

"여기부터는 나도 전혀 모르는 곳이야."

"그래?"

"생각을 해 봐. 내가 감옥을 들어와 볼 일이 있었겠냐?"

"흠, 그럼 어차피 하나하나 싹 다 뒤져 봐야겠네. 그럼 내가 앞장서지, 뭐."

버프 덕분에 기분이 좋아진 이안은, 더욱 의욕적으로 필드 안으로 진입하기 시작하였다.

그런데 그렇게 이안이 몇 발짝 더 걸음을 옮겼을 때.

띠링-!

이안의 눈앞에, 생각지도 못했던 시스템 메시지가 떠올랐다.

－조건이 충족되었습니다.

－새로운 퀘스트가 발동됩니다.

'새로운…… 퀘스트?'

－'신화 속의 인연(돌발)(서사)' 퀘스트를 수령하였습니다!

＊＊＊

뇌전의 기사 폴린은 여신 아디아네르를 수행하는 충직한 기사였다.

그의 충성심은 지금 이 '만년 서리 감옥'에 그가 갇혀 있다는 사실만 봐도 알 수 있는 것이었다.

아디아네르를 수행하던 '광휘의 기사단' 중 그녀와 함께 뇌옥에 갇힌 기사는 폴린 하나뿐이었으니까.

－폴린, 그대는 왜 내 곁을 떠나지 않죠?

-그것이 옳은 일이기 때문입니다.

-지금 떠나지 않는다면…… 그대는 신명(神命)을 어기게 돼요.

-어째서 그렇습니까?

-그대는 광휘의 기사단원이고, 복귀 명령은 기사단에 내려진 것이니까요.

다른 기사단원들은 천궁의 지시에 전부 그녀를 떠났지만, 폴린만큼은 끝까지 그녀의 곁에 남았던 것이다.

-그렇다면 저는 지금부터 광휘의 기사단원이 아닙니다.

-폴린은 어리석군요.

-어리석은 것은……. 자신을 속이면서 아디아네르 님을 떠난 다른 기사들일 것입니다.

-나는 아마 실패할 거예요, 폴린.

-알고 있습니다, 아디아네르 님.

-그런데 왜…….

-그것이 제가 걸어온 기사도이기 때문입니다.

결국 진실의 심연 속에서 '신들의 치부'를 들춰내려 했던 아디아네르는 실패했고,

마지막까지 그녀를 수행하던 폴린은 그녀와 함께 '만년서

리 감옥'에 갇히게 되었다.

만년서리 넝쿨에 사지가 결박된 채로 억겁의 세월 동안 뇌옥 신세를 지게 된 것이다.

─천궁의 명을 거역하다니, 어리석은……. 그에 대한 대가를 치르게 해 주겠노라.

그 무한한 고독은 견디기 힘든 것이었지만, 그 세월이 흐르는 동안에도 폴린은 단 한 번도 후회하지 않았다.

그 어떤 고통도 그가 가진 신념을 꺾을 수는 없었으니 말이다.

"……."

하지만 그것과 별개로 폴린은 서서히 죽어 가고 있었다.

신념은 꺾이지 않았을지언정.

억겁의 세월 동안 쌓인 한기와 고독은, 그의 정신을 계속해서 갉아먹었으니 말이다.

'쓸데없이 질긴 영혼의 생명력이 원망스럽군.'

그래서 폴린은 언젠가 다가올 영혼의 소멸을 기다릴 뿐.

사실 희망을 버린 지 오래였다.

이 뇌옥 밖으로 나가 빛을 보게 될 날이 올 것이라고는, 상상조차 할 수 없었으니 말이다.

—'신화 속의 인연(돌발)(서사)' 퀘스트를 수령하였습니다!

메시지를 처음 확인했을 때, 이안의 머릿속에 가장 먼저 떠오른 것은 당연히 소환수였다.

'신화 속의 인연……?'

시스템이 말하는 신화 속의 인연이란, 이제까지 경험상 이 안의 캐릭터가 베리타스에 환생하기 이전의 인연들을 말하는 것이었고.

실제로 첫 번째로 찾은 그 인연이 바로 '라이'였으니 말이다.

'뭐지? 이렇게 갑작스럽게 두 번째 소환수를 찾는다고? 뿍뿍이려나?'

하지만 퀘스트 창을 오픈하여 읽은 뒤, 이안은 자신의 생각이 잘못됐다는 사실을 깨달을 수 있었다.

퀘스트 내용 안에서, 특별한 힌트를 발견할 수 있었으니까.

신화 속의 인연 (돌발)(서사)

여신 아디아네르를 구출하기 위해 천공의 얼음성에 진입한 당신은, 우여곡절 끝에 '만년 서리 감옥'을 찾을 수 있었다.

하지만 만년 서리 감옥 안에는 죄수들을 가둬 놓은 수많은 옥사가 존재
하며, 그중 아디아네르가 갇혀 있는 옥사가 어디인지는 아직 알 수 없는
상황.

그렇다고 해서 모든 뇌옥을 샅샅이 뒤지기에는 너무 많은 시간이 필요
하며 또 크나큰 리스크가 동반된다.

이 만년 서리 감옥 안에 갇혀 있는 죄수들 중에는, 아디아네르와 같이
신에 버금갈 정도로 강력한 위격을 가진 존재들이 많기 때문이다.

……중략……

그런데 이러한 상황에서 당신의 신격이 이 뇌옥 안에 갇혀 있는 어떠한
존재와 감응하였다.

이 베리타스 안에서 당신의 신격과 감응할 수 있는 존재는 오직 당신의
신화 속 인연으로 당신과 연결되어 있는 존재들뿐.

물론 그가 당신의 인연들 중 어떤 존재인지는 아직 알 수 없다.

하지만 적어도 해가 되는 존재는 아닐 터.

……중략……

인연과 감응한 신격의 인도를 따라, 이 뇌옥 안에서 당신의 신화 속 인
연을 먼저 찾아보도록 하자.

그를 먼저 구출할 수 있다면, 아디아네르에 대한 단서도 얻을 수 있을
것이다.

　　사실 퀘스트의 내용만으로, 이안은 어떤 단서도 찾을 수
없었다.

다만 '그 인연'이 이안이 예상했던 대로 환생 이전의 플레이와 연관된 인연이라는 정도만 다시 한번 확인할 수 있었을 뿐.

"음……."

하지만 퀘스트 창의 마지막 부분까지 전부 읽었을 때.

-**퀘스트 난이도** : SS

-**퀘스트 조건** : 만년 서리 감옥 입장. '하급 신' 이상의 위격 보유

-**제한 시간 - 75 : 50 : 53**

*유저 고유 퀘스트입니다. 다른 유저와 파티로 진행할 수 없는 퀘스트입니다.

보상 : 뇌전의 월도(신화)(서사)

'잠깐, 뇌전의 월도……?'

익숙한 이름을 발견한 이안은 두 눈이 휘둥그레질 수밖에 없었다.

'정말 내가 아는 그 뇌전의 월도인가?'

퀘스트의 보상으로 책정되어 있는 이 '뇌전의 월도'라는 아이템은 이안이 아주 잘 알고 있는 이름의 장비였으니 말이다.

'그럼 설마 이 신화 속 인연이라는 게…….'

환생 이전 이안과 함께했던 수많은 가신들 중에서도, 가장

오랫동안 이안의 옆을 지켰던 가신, 뇌전의 기사 폴린.

이안이 그에게 직접 선물해 줬던 장비이자 폴린의 애병이었던 장비의 이름이 바로 이 '뇌전의 월도'였으니 말이다.

'같은 이름의 아이템이 또 존재할 수도 있겠지만……. 그렇다고 해도 너무 공교로운데.'

하지만 여기까지 생각이 미쳤음에도 불구하고, 이안은 아직 확신할 수 없었다.

한 가지 이상한 점이 있었기 때문이다.

'근데 뇌전의 월도가 신화 등급이라고? 그럴 리가…….'

이안이 폴린에게 하사해 주었던 뇌전의 월도는 분명히 전설 등급의 네임드 장비.

신화 등급의 장비도 아닐뿐더러…….

서사라는 수식어가 붙을 만한 장비는 더더욱 아니었던 것이다.

"갑자기 왜 그래, 이안?"

그래서 잠시 고민에 빠져 있던 이안은, 결국 답을 내리지 못하고 퀘스트 창을 치웠다.

"아, 별일 아냐, 청단."

신화 속 인연이 어떤 녀석일지는 결국 만나 보면 알게 될 일.

띠링-!

－인연의 기운이 느껴집니다.

지금 이안에게 가장 급선무는, 눈앞에 넘실거리기 시작한 황금빛 기류를 따라 이 뇌옥을 돌파하는 일이라고 할 수 있었다.

⁂

폴린은 어느 날 꿈을 꾸었다.
꿈속에서 폴린은, 인간 세계의 어느 제국에 소속된 근위 기사였다.

－폴린, '이스룬'으로 파견 명령이다.
－단장님, 파견 명령이라면…… 이스룬 함대 지원입니까?
－지원 명령은 아니다.
－그럼……?
－이번 '전쟁포로 구출' 작전을 지휘하실 '이안' 남작을 수행하는 임무이다.
－충! 명을 받듭니다.
－작전이 진행되는 동안 너에게 나 헬라임의 권한을 일부 부여하겠다.

그리고 그 꿈은…… 그로서는 이해하기 힘든 꿈이었다.

'루스펠'이라는 생소한 이름을 가진 그 제국은 베리타스에는 존재조차 하지 않는 제국이었으며.

꿈속에 등장한 모든 인물들 역시 그의 기억 속에 한 번도 존재했던 적 없는 인물들이었으니 말이다.

–이쪽으로 오십시오, 이안 남작님.

–이런 도시도 있었군요. 처음 보네요.

–여길 처음 와 보셨다고요? 제국 남부에서 가장 유명한 도시 중 하나인데요.

–아, 제가 동부나 북부 쪽에 주로 머물러서 그런가 보네요.

꿈에서 폴린은 '이안'이라는 작은 영지의 남작과 함께, '이스룬 함대'라는 제국의 함대를 이끌고 전쟁포로를 구출하기 위한 작전을 수행했었다.

'파스칼의 뇌옥'이라는, 이 만년 서리 뇌옥만큼이나 복잡한 뇌옥에서 수행됐던 작전.

–오른쪽 길로 한번 가 보자.

–남작님. 길을 아세요?

–아니, 모르죠.

-……?

-하나씩 다 가 보면 맞는 길을 찾을 수 있겠죠, 뭐.

그곳에서 그들이 구해야 했던 존재는 '카이자르'라는 이름
을 가진 인간이었다.

-영주님, 어쩌시려고요?

-이쪽에서 시간을 끌어 주는 동안, 난 안쪽에 들어가서
포로를 구출할 거야. 포로가 구출될 때마다 우리 전력이 늘
어나는 셈이니까.

-남작님 말씀대로만 된다면 확실히 훨씬 쉽게 일이 풀릴
겁니다.

-폴린, 최대한 시선을 좀 끌어 주세요.

-알겠습니다, 남작님. 하지만 안쪽에 얼마나 많은 병력
이 있을지 몰라서…… 최대한 빨리 포로들을 구출해 주셔
야 합니다.

-네, 알겠습니다.

-카이자르 님만 구출되면 아마 상황 종료일 겁니다.

-카이자르 님이라……. 기억하도록 하죠.

꿈속에서 그와 함께했던 '이안'이라는 인간은 무척이나 특
이한 인물이었다.

'소환술사'라는 환수를 부리는 클래스를 가졌음에도 불구하고, 여느 전사나 기사와 비견해도 부족하지 않을 정도로 능숙하게 전장을 누볐으며, 어지간한 궁수보다 더 활을 잘 다뤘으니 말이다.

게다가 어떻게 한 것인지, 포로들을 구출하는 사이 꿈속에서 가장 강력했던 '불패의 검사 카이자르'라는 인물을 가신으로 삼아 버리기도 했다.

비록 주종 관계의 모양새가…… 조금 이상하기는 했지만 말이다.

－영주 놈아, 시간 없다며. 빨리 움직여라.

－…….

거대한 두 제국의 함대가 마치 한 편의 영화처럼 맞부딪친 박진감 넘치는 전장 속 혈투.

폴린은 이 꿈속에서, 자신이 지금 꿈속에 있다는 사실을 자각하고 있었다.

그래서 그는 더욱 이해할 수 없었다.

'대체 왜 이런 꿈을 꾸는 거지?'

아무리 기억 속을 뒤져 봐도 이 꿈과 자신이 살아온 과거 사이에 어떠한 접점도 찾을 수 없었으니 말이다.

심지어 더더욱 기묘한 것은…….

'대체 이 꿈속이 왜 이렇게 낯익게 느껴지는 거지?'

이 꿈속의 전장과 꿈속에서 등장한 수많은 인물들.

특히 이안과 카이자르, 헬라임 등이…… 무척이나 낯익게 느껴졌던 것이다.

'후우…….'

단순히 개꿈으로 치부해 버릴 수도 없었다.

뇌옥 안에 갇힌 뒤 점점 더 희미해지고 있던 그의 정신이, 이 알 수 없는 꿈을 꿀 때만큼은 또렷이 돌아오고 있었으니 말이다.

게다가 이 신기한 꿈이, 무려 삼 일이나 연속으로 그에게 찾아왔으니 말이다.

"나는 폴린이다. 여신 아디아네르 님을 수행하는…… 광휘의 기사단의 수석 기사……."

그리고 세 번째 꿈에서 깨어난 날.

-아니, 폴린 경이 왜 여기에……?

-폐하께서 자작님이 깨어나시면 전하라 명하셨던 서신입니다.

-그리고 폐하께서, 제게 앞으로 자작님을 모시라 명하셨습니다.

척-!

폴린은 이 꿈속의 폴린 또한, 또 다른 자신이라는 사실을 깨달을 수 있었다.

"나는 폴린……."

루스펠 제국의 근위 기사였던.

'이안 남작'의 가신이 되어, 제국이 멸망한 뒤에는 '로터스 왕국'의 수호 기사로 활약했던.

"뇌전의 기사 폴린……."

'뇌전의 기사 폴린'으로서의 기억이, 그의 머릿속에 깨어나기 시작한 것이다.

그래서 폴린은 혼란에 빠졌다.

'뇌전의 기사 폴린' 또한 자신이 맞았지만, 여신 아디아네르의 수호 기사 폴린 또한 분명히 자신이었으니 말이다.

그리고 폴린의 머릿속에 그렇게 번뇌가 가득 찰 무렵.

콰아앙—!

쩌적— 쩌저정—!

억겁의 세월 동안 그를 가두고 있던, 만년 서리 뇌옥의 벽면에 커다란 균열이 생기기 시작하였다.

환생하기 이전, 이안은 수많은 가신을 거느리고 있었다.

사실상 로터스의 가신들이 이안의 가신이나 마찬가지였던

것을 생각하면, 정말 셀 수 없을 정도로 많은 가신들을 보유하고 있던 이안.

하지만 이렇게 많은 가신들 중에서도, 폴린은 이안이 끝까지 각별한 애정을 갖고 있던 몇 안 되는 가신 중 하나였다.

폴린이 유능한 가신이기 때문만은 아니었다.

이안이 무려 작은 영지의 '남작'이던 꼬꼬마(?)시절부터 함께해 왔던, 아주 오랜 가신이 바로 폴린이었으니 말이다.

'정말 여기에 폴린이 있는 건가?'

하지만 퀘스트 목적지점이 다가올수록, 이안의 표정은 점점 더 묘해지고 있었다.

'만약 정말 폴린이 신화 속 인연이라면……..'

물론 카일란을 플레이하면서 수많은 추억을 함께 쌓은 폴린이었지만, 폴린보다 먼저 인연을 맺었던 소환수와 가신들도 아직 등장하지 않았으니 말이다.

폴린에 애정이 크다고는 해도, 냉정하게 라이 다음으로 중요한 인연이라고는 생각할 수 없는 것.

'폴린이 벌써 신화 속 인연으로 등장한 이유가 뭘까?'

그래서 커다란 궁금증을 머릿속에 담은 채 빠르게 뇌옥을 돌파한 이안은, 황금빛 기류가 빨려들어 간 얼음 뇌옥을 망설임 없이 부수기 시작하였다.

쾅- 쾅- 콰쾅-!

"청단, 조금만 더 힘내 봐! 곧 간수들이 알아챌 거야."

"난 최선을 다하고 있다고!"

더블 S급 난이도답게 상당히 타이트하고 긴박하게 진행된 퀘스트였지만, 이안의 머릿속에는 힘들다는 생각보다 폴린을 빨리 만나 보고 싶다는 생각만이 가득했다.

쾅— 쾅—!

그리하여 이윽고 거대한 얼음에 균열이 생겨났을 때.

쩡— 쩌저정—!

이안은 재빨리 허술해진 얼음 벽을 부수고 뇌옥 안으로 몸을 던졌다.

타탓—!

그리고 그 균열의 너머에서…….

"폐하!"

"폴린……!"

반가운 얼굴을 마주한 이안의 얼굴에 환한 미소가 피어올랐다.

천궁의 비밀

너무도 반가운 얼굴을 마주했다.

그 반가움과 동시에 수많은 궁금증들이 이안의 머릿속에 가득 들어찼지만…….

"어떻게 된 일입니까, 폐하?"

"그건 내가 묻고 싶은 말이야, 폴린."

"……."

그중 어떤 것도 해소할 시간조차 없이, 이안은 곧바로 또다시 움직여야만 했다.

"침입자다!"

"침입자를 찾았다!"

"저쪽이야!"

뇌옥이 부서지며 만들어진 커다란 소음.

그로 인해 뇌옥에 있던 간수들이 이안의 위치를 알아챘으니 말이다.

"일단 여길 벗어난 다음 얘기하자."

"알겠습니다."

이안의 시선이 잠시 폴린의 머리 위로 향했다.

'음.'

폴린의 레벨은 무려 487.

이안이 환생하기 전 마지막으로 봤던 그때의 레벨과 똑같은 수치.

이것은 청단과 이안의 레벨을 합쳐도 따라잡을 수 없을 정도로 무지막지한 수준.

하지만 그것과 별개로, 이안은 폴린만 믿고 싸울 수는 없었다.

한눈에 봐도 폴린은 지금 정상이 아니었으니까.

'이 정도면 거의 시체잖아.'

능력치를 80퍼센트 이상 깎아 버리는 온갖 상태 이상과 디버프가 꾸덕꾸덕 중첩되어 있는 폴린의 상태.

이를 보면, 레벨과 별개로 1인분이나 할 수 있으면 다행일 수준이었다.

"너, 싸울 힘은 있나?"

"해 보겠습니다."

폴린의 대답이 떨어지자마자, 이안의 눈앞에 새로운 시스템 메시지가 한 줄 떠올랐다.

띠링-!

　-'뇌전의 기사 폴린'이 파티에 합류하였습니다.

이어서 인벤토리를 빠르게 오픈한 이안은 남는 무기 하나를 폴린에게 휙 하고 던져 주었다.

"내가 준 월도는 어쨌냐?"

"그, 그게…… 죄송합니다, 폐하."

사실 개연성으로 보면 뇌옥에 갇힌 죄수가 무기를 가지고 있는 게 더 이상한 일이다.

하지만 폴린의 애병은 다른 누구도 아닌 이안에게 하사받았던 것이었고, 그래서 폴린은 더욱 미안한 표정이었다.

물론 미안은 아무렇지 않았지만 말이다.

"뭐, 미안할 건 없어."

활시위를 쭈욱 당긴 이안이 한마디 덧붙였다.

"잃어버린 건 다시 찾으면 되지."

퀘스트 보상에 뇌전의 월도가 명시되어 있는 이상, 그것은 이미 되찾은 것이나 다름없다.

이안의 사전에 퀘스트 실패라는 단어는 없었으니까.

폴린은 강했다.

이안의 우려했던 바와 달리 1인분 이상의 전투력을 확실히 보여 줬으니 말이다.

'역시 레벨이 깡패인가?'

뇌옥을 빠져나온 직후에는 맥을 못 추는 듯했으나, 시간이 지나면서 조금씩 디버프가 해제되자 이안과 청단보다도 훨씬 강력한 전투력을 보여 주기 시작한 것이다.

콰콰쾅—!

"죄수가 뇌옥을 탈출했다!"

"빨리 지원을 요청해!"

이안이 건네준 무기는 영웅 등급 정도의 평범한 장창이었는데, 그것만으로도 압도적인 위력을 보여 주는 폴린.

'조금만 더 회복하면 버스를 탈 수도 있겠는데?'

그런 그를 힐끔힐끔 응시하던 청단이 이안을 향해 오랜만에 입을 열었다.

"야, 이안."

"……?"

"너 대체 정체가 뭐야?"

"또 그 소리냐?"

"아니, 그렇잖아, 폐하라니."

"……."

"광휘의 기사단으로부터 '폐하'라고 불릴 수 있는 존재는 단 하나밖에 없어."

"천궁의 궁주?"

"그렇지."

너무 당연한 얘기겠지만 청단과 폴린은 이미 안면이 있었다.

청단과 폴린은 모두 여신 아디아네르를 마지막까지 모시는 임무를 가졌던 존재들이었고.

그러니 서로를 모를 수가 없었던 것이다.

'수호 기사 중 하나가 끝까지 남아서 여신님을 지켰다더니……. 그게 폴린이었군.'

물론 둘이 친분까지 있었던 것은 아니다.

둘 다 여신 아디아네르를 모셨던 것은 맞았지만, 맡은 바 임무는 완전히 달랐으니까.

청단이 아디아네르의 손발이 되어 임무를 수행하는 역할이었다면, 폴린의 역할은 그녀의 곁에서 그녀를 지켜 내는 것이었으니 말이다.

'대체 이안과 저 수호 기사는 어떻게 아는 사이인 거지? 게다가 폐하라니, 이게 무슨……?'

해서 폴린의 정체를 잘 아는 만큼, 이안을 향한 청단의 시선은 더욱 불신 가득할 수밖에 없었다.

그것과 별개로 이안은 어이없을 뿐이었지만 말이다.

"청단, 너 바보냐?"

"뭐, 왜!"

"이 뇌옥을 만든 존재가 천궁의 궁주라며."

"그, 그렇지?"

"그럼 한번 생각해 봐."

"……."

"내가 천궁의 궁주면, 여기서 헤매고 있는 게 말이 되냐?"

"그건……."

어쨌든 그런 사소한(?) 이야기가 오가는 사이, 퀘스트는 점점 막바지를 향해 가고 있었다.

띠링-!

　-'만년 서리 뇌옥' 동쪽을 지키는 간수들이 파티의 위치를 파악하였습니다.

　-뇌옥의 동쪽 출구가 폐쇄되었습니다.

"폴린."

"예, 폐하."

"이번에는 제대로 찾은 게 맞겠지?"

"제 기억이 맞다면…… 저 복도 끝 뇌옥에 아디아네르 님이 계실 겁니다."

이어서 폴린이 가리킨 곳을 향해 이안이 시선을 돌린 순간.

폴린이 한마디를 덧붙였다.

"하지만 그 전에 해야 할 일이 하나 있습니다, 폐하."

"음……? 그게 뭔데?"

그리고 이안의 그 반문에 대답한 인물은 폴린이 아닌 청단이었다.

"이 근처 어딘가에 봉인석이 있을 거야, 분명히."

"봉인석?"

"그걸 먼저 부숴야 해."

이어서 청단의 말이 끝난 순간.

띠링-!

이안의 눈앞에 새로운 시스템 메시지가 떠올랐다.

─조건이 충족되었습니다.

─'여신 아디아네르의 뇌옥'을 발견하셨습니다.

─돌발 퀘스트가 발동하였습니다.

─'만년 서리의 봉인 파괴(돌발)(신화)' 퀘스트가 생성되었습니다.

만년 서리의 봉인 파괴(돌발)(신화)

여신 아디아네르를 구하기 위해 '만년 서리 뇌옥'에 잠입한 당신은, 결국 아디아네르가 수감되어 있는 뇌옥을 찾아내는 데 성공하였다.

……중략……

하지만 아디아네르가 갇혀 있는 뇌옥은, 무려 '신격'을 가둬 놓은 특수한 뇌옥.

평범한 방법으로 신격을 가둘 수 없는 만큼.

일반적인 힘으로 이곳의 얼음벽을 부수는 것은 불가능한 일이라고 할 수 있었다.

……중략……

하여 이 만년 서리로 만들어진 특수한 뇌옥을 파괴하기 위해서는, 뇌옥 안에 갇혀 있는 아디아네르의 도움을 받아야만 한다.

하지만 여신의 도움을 받기 위해서는, 그녀의 힘을 봉인하고 있는 '만년 서리의 봉인'을 파괴해야만 한다.

'만년 서리의 봉인'은 뇌옥 안에 숨겨져 있다.

……중략……

뇌옥 인근 어딘가에 존재하는 봉인을 파괴하고, 여신 아디아네르와 함께 뇌옥을 부수도록 하자.

그녀를 뇌옥 밖으로 구출해 내기만 한다면, 천공의 얼음성을 탈출하는 것은 어렵지 않을 것이다.

퀘스트 난이도 : S⁺

퀘스트 조건 : '잘못된 것 바로잡기' 퀘스트를 수행 중인 유저.

제한 시간 : 30분

보상 : '만년 서리를 파괴한 자' 칭호 획득

직장인들에게는 하루 일과 중 가장 달달한 시간인 점심 시간.

  이 점심시간만큼은 LB사의 기획 팀도 평화롭기 그지없었다.

  하드한 업무량을 소화해 내기 위해서라도, 쉴 때는 확실히 쉬어야 하는 법!

  점심을 든든히 먹은 탓인지 쏟아지는 햇살에 꾸벅꾸벅 졸고 있던 나지찬은, 모니터 스피커에서 흘러나온 알림 음에 화들짝 놀라 잠에서 깨어났다.

  띠로롱―!

  그리고 그와 동시에 나지찬의 표정은 팍 구겨질 수밖에 없었다.

  '아니, 대체 어떤 몰상식한 친구가 점심시간에 사내 메신저를 쏘는 거야?'

  일단 전후 사정을 떠나서 달콤한 잠을 누군가 깨웠다는 사실만으로도 분노가 치밀어 오르는 것은 어쩔 수 없는 자동반사와 같은 것.

  하지만 일그러졌던 나지찬의 표정은 언제 그랬냐는 듯 다시 팽팽하게 펼쳐져 있었다.

  조금만 생각해 봐도 메시지 알림 음으로 그를 깨울 수 있는 사람 중 지찬에게 '놈'이라는 호칭을 들을 만한 사람은 존재하지 않았기 때문이었다.

애초에 메시지를 보내왔을 시 알림 음이 울리도록 설정된 사람들은 전부 나지찬의 상사들이었으니 말이다.

"크, 크흠! 실장님이신가?"

끼이익―!

하여 의자를 곧게 펴고 모니터를 켠 나지찬은, 메시지를 확인하고는 빠릿한 동작으로 자리에서 일어났다.

―김인천 (기획본부, 본부장) : 나 팀장, 3층 회의실로.

그의 잠을 깨운 장본인인 김인천 본부장은, 그에게 메시지를 보낼 만한 사람 중 가장 높은 사람이었으니 말이다.

'본부장님께서 어쩐 일이시지……?'

본부장의 호출 때문에 10분이나 낮잠을 손해 봤지만, 지찬은 더 이상 툴툴대지 않았다.

그가 아는 김인천 본부장은, 사소한 일로 이렇게 그를 호출하는 일이 없는 사람이었으니 말이다.

저벅저벅!

오히려 본부장실로 이동하는 나지찬의 얼굴에 가득 찬 것은 긴장감.

'뭔 일 터진 건 아니겠지?'

그리고 도착한 본부장실.

"지찬이 왔냐?"

"예, 본부장님."

"거, 앉아 봐."

그곳에서 지찬이 들은 이야기는 무척이나 충격적인 내용이었다.

"의환이랑 윤성이한테도 얘기해 놨다."

"……!"

"팀장급으로 뽑을 만한 친구 물색해서 내일까지 올려 봐."

"신규 팀이…… 세팅되는 겁니까?"

새로운 기획 팀장을 선출하겠다는 얘기는 곧, 팀이 또 생긴다는 이야기.

"그래, 이번에 세 팀 정도 추가로 세팅될 거다."

"네에……? 한 팀도 아니고 세 팀이나요?"

그리고 지금 시점에서 카일란에 기획 팀이 새로 세팅되는 경우는…….

"그래."

신규 서버가 열리는 경우밖에 없었으니까.

쿵- 쿵-!

억겁의 세월 동안 심연과도 같이 고요하던 공간.

스하아아─!

오직 강렬한 한기와 지독한 고요.

그리고 칠흑 같은 어둠만이 담겨 있던 이 공간에, 천천히 균열이 생기기 시작하였다.

쩍─ 쩌저정─! 쩌적─!

균열을 통해 가장 먼저 새어 들어온 것은 빛.

그리고 소리.

마지막으로 온기였다.

"……"

새어 들어온 빛은 두터운 얼음을 통해 굴절되어, 칠흑 같은 공간의 정중앙에 희미한 빛을 흩뿌리기 시작했다.

하여 어둠이 물러난 그 자리에는 거대한 얼음덩이로 만들어진 새하얀 제단이 모습을 드러내었다.

쿠쿵─!

손이 닿으면 베일 것처럼 날카롭게 재단된 얼음덩이들.

그 얼음덩이들로 만들어진 제단 위에, 가지런히 누워 있는 누군가의 인영(人影).

얼음처럼 투명한 피부와 눈꽃처럼 새하얀 머릿결을 가진 그 여인은, 눈을 감은 채 미동조차 하지 않은 채 누워 있었으며.

마치 죽은 사람처럼, 그녀에게서는 그 어떤 온기나 생기

같은 것이 전혀 느껴지지 않았다.

하지만 그럼에도 불구하고.

누군가 그녀를 보았다면, 절대 시체라는 생각이 들지 않았을 터였다.

새하얀 얼음 위에 정갈하게 누워 있는 그녀의 모습은, 사체(死體)라기보다는 하나의 조각상 같았으니 말이다.

마치 여신을 조각해 놓은 조각상처럼.

신성함마저 느껴지는 무결한 모습으로 누워 있는 한 여인의 모습.

쩌정-!

시간이 지날수록 공간의 균열은 점점 더 퍼져 나갔고, 그 균열 사이사이로 빛과 온기가 점점 더 새어 들어오기 시작하였다.

사실 여기서 '온기'라는 것은…… 어쩌면 온기라고 할 수 없는 성질의 것인지도 몰랐다.

이 공간을 밀폐시키고 있던 것이 냉기 그 자체이기 때문에 상대적으로 따뜻하다는 착각이 느껴지는 것일 뿐.

외부에서 흘러들어오는 기운 또한, 범인이 느끼기에는 살을 에는 듯 한 한기에 가까울 테니 말이다.

휘이이잉-!

그렇게 시간이 얼마나 지났을까?

쩌정- 콰콰쾅-!

이 무결했던 공간에 틈을 만들어 낸 균열은, 결국 점점 공간을 붕괴시키기 시작하였다.

사방은 지진이라도 난 것처럼 진동하다가, 천장에서 거대한 얼음덩이들이 떨어져 내리기 시작한 것이다.

하지만 그럼에도 불구하고 여인은 한 치 미동도 없이 처음 그 모습 그대로였다.

마치 혼자서 다른 세상에 있는 듯한 착각과 이질감이 들 정도로 말이다.

쾅- 콰쾅-!

요란한 소리를 내며 떨어지는 거대한 얼음덩이들도, 신기하게 그녀의 공간은 침범하지 못했다.

그리고 그렇게 모든 공간이 무너져 내렸을 때.

-드디어, 때가 온 것인가.

그녀의 두 눈이, 번쩍 떠졌다.

띠링-!

-봉인이 성공적으로 파괴되었습니다.

-조건이 충족되었습니다.

-만년 서리의 봉인 파괴(돌발)(신화) 퀘스트를 성공적으로 클리어

하셨습니다.

　-'만년 서리를 파괴한 자' 칭호를 획득하셨습니다!

　여신 아디아네르를 구출하는 것이 목적이었던 '잘못된 것 바로잡기' 퀘스트도 막바지에 이르렀다.

　이안은 그것을 직감으로 알 수 있었다.

　'됐다……!'

　만년 서리의 봉인을 파괴한 순간 강렬한 신력이 뇌옥 안을 휘몰아치기 시작하였고.

　콰아아아-!

　그와 동시에 뇌옥의 한쪽 구석에서 강렬하고 찬란한 기운이 뿜어져 나오기 시작했으니까.

　-여신 '아디아네르'의 봉인이 해제되었습니다.

　아디아네르의 봉인이 해제되었다는 말은 곧 그녀를 찾았다는 뜻.

　이제 그녀를 대동하여 이 뇌옥을 빠져나가기만 하면 퀘스트는 클리어될 것이다.

　"이제 아까 그 뇌옥으로 가면 되지, 폴린?"

　"아마도 그렇습……."

　폴린의 대답이 끝나기도 전에, 청단이 그의 말을 잘랐다.

"그럴 필요는 없을 것 같은데?"

"……!"

그리고 청단의 말이 끝남과 동시에.

우우웅-!

새하얀 광휘가 세 사람의 앞에 휘몰아치며 나타났다.

화아아아악-!

하얀 광휘는 점점 사람의 형체가 되어 나타났다.

휘몰아치던 은빛 기류는 그 모양 그대로 옷자락이 되어 사람의 형체 위에 입혀졌으며.

보석처럼 아름다운 이목구비가 도자기같이 새하얀 실루엣 위에 모습을 드러냈다.

-청단. 그리고 폴린. 오랜만이에요.

그녀는 바로 여신 아디아네르.

그녀가 여신 아디아네르임은, 그녀의 생김새를 본 적 없는 이안조차도 곧바로 알 수 있는 명백한 것이었다.

"여신님을 뵙습니다."

"여신님을 뵈옵니다."

청단과 폴린은 거의 동시에 그녀의 앞에 무릎 꿇고 고개를 조아렸다.

아디아네르는 '신'이기에 앞서, 두 사람이 모시던 부모와도 같은 존재.

두 사람의 얼굴에는 숨길 수 없는 반가운 표정이 드러나 있었고, 그것은 아디아네르 또한 마찬가지였다.

　－영혼의 자유를 얻고 가장 먼저 만나게 된 얼굴이 그대들이어서 기분이 좋군요.

　두 사람과 간단히 인사를 나눈 아디아네르의 시선이, 이번에는 그 옆으로 향했다.

　그녀의 시선이 닿은 곳은 이안이 멀뚱히 서 있던 곳.

　그곳을 향해 아디아네르가 천천히 다가왔다.

　저벅－ 저벅－.

　그리고 이어진 그녀의 이야기에는, 무척이나 생소한 내용이 담겨 있었다.

　－당신이 이 베리타스의 메시아로군요.

　아디아네르의 이야기에, 의아한 표정이 된 이안이 반문하였다.

　"메시아요? 그게 뭐죠?"

　－구원자라고 표현하는 게 더 편하겠네요.

　이안과 눈이 마주친 아디아네르가, 차분한 목소리로 다시 말을 이었다.

　－이 베리타스를 구원할 운명을 지니고 전생(轉生)한 자. 그리고…… '구원'이라는 이름의 시험을 치르는 자.

　그 말을 들은 이안은 잠시 생각에 잠겼다.

　'구원이라는 이름의 시험이라…….'

　지금 이안이 시험을 치르고 있다는 말은 정확한 비유다.

신이 되기 위해서 자신의 신화를 증명하기 위한 여정이 지금 이안의 퀘스트라고 할 수 있었으니까.

그리고 신화의 증명이 곧 이 베리타스 세계의 구원과도 맞물려 있는 상황이었으니…….

'그 또한 맞는 말인 것 같네.'

이안은 고개를 끄덕일 수밖에 없었다.

"메시아가 그런 거라면, 말씀하신 대로 제가 메시아일지도 모르겠네요."

아직까지 뇌옥을 벗어난 상황은 아니었지만 이안은 여유 있는 표정이었다.

아디아네르가 나타난 순간부터 간수들의 공격을 걱정할 필요는 없는 상황이 되었으니까.

－강렬한 신격이 휘몰아칩니다.

－성역(聖域)이 생성되었습니다.

－여신 '아디아네르'보다 낮은 위격을 가진 존재는 그녀의 허락 없이 성역 안으로 진입할 수 없습니다.

그래서 이안은 더 이런저런 고민을 해 볼 수 있었다.

그리고 그 가운데, 한 가지 의문점이 생겼다.

'잠깐. 그러고 보니……. 여신 아디아네르는 하급 신이라고 했지?'

청단의 말에 따르면, 여신 아디아네르는 하급 신이 분명했다.

그리고 '하급 신'이라는 위격은, 이안의 신격 정보 창에서도 볼 수 있는 단어였다.

'그럼 나랑 같은 위격의 신이라는 건데…….'

그런데 지금 아디아네르가 보여 주고 있는 힘은 이안이 해낼 수 있는 범주의 영역을 아득히 뛰어넘는 범위와 위력이었다.

'어째서일까?'

그리고 그 의문은, 잠시 후 아디아네르와의 대화에서 어느 정도 풀릴 수 있었다.

-그대를 기다리고 있었어요, 메시아여.

"저를 기다리고 있었다고요?"

-네, 당신을요.

이안의 두 눈을 지그시 응시한 아디아네르가, 천천히 한마디를 덧붙였다.

-당신은 신계와 단절된 이 베리타스 세계를 구원할 수 있는 유일한 존재.

"……!"

-부디 그대의 구원이, 이 베리타스의 잘못된 것들을 바로잡을 수 있기를…….

아디아네르와의 대화는 그렇게 길게 이어지지 않았다.

애초에 그녀의 첫마디부터가 바로 이것이었으니 말이다.

―시간이 많지는 않으니, 일단 이곳을 빠져나갈 방법부터 얘기하도록 하죠.

"시간이 없다는 말씀은……?"

―이곳은 신계가 아닌 지상계. 지금이야 영혼의 봉인이 풀린 직후라 제 권능을 전부 사용할 수 있지만, 곧 제가 가진 대부분의 신력이 신계의 율법에 의해 다시 봉인될 테니까요.

신력이 봉인된다면 지금 그녀가 만들어낸 '성역'도 그 힘을 잃어버릴 것이다.

그리고 성역이 사라지게 된다면, 곧바로 간수 들이 들이닥칠 것은 불 보듯 뻔한 일.

이안이 고개를 끄덕이자, 아디아네르가 다시 입을 열었다.

―이곳 만년 서리의 뇌옥은, 혹한의 신 '샤르바토' 님의 권역이에요. 그리고 지금쯤이면 샤르바토 님도 제 봉인이 풀렸다는 것을 알고 계시겠죠.

"음……."

―하지만 샤르바토 님은 곧바로 이곳에 현신하실 수 없어요. 그건 천궁의 율법을 어기는 일이거든요.

그녀의 말이 전부 이해되는 것은 아니었지만, 일단 이안은 가만히 그녀의 이야기를 듣기만 했다.

　－그래서 아마 샤르바토 님은 '어둠 서리 뿔 누크'들을 먼저 보내 저를 추격시킬 거예요.

　"어둠 서리 뿔 누크라면, 혹시 거대한 표범을 얘기하는 건가요?"

　－당신……! 어둠 서리 뿔 누크에 대해 알고 있나요?

　"아, 그건 아닙니다. 다만 서리 뿔 누크와 이름이 비슷하길래……."

　옆에 있던 청단이 광산에서 있었던 이야기를 빠르게 설명하였고, 그에 고개를 끄덕인 아디아네르가 다시 말을 잇기 시작하였다.

　－서리 뿔 누크를 알고 있다면 좀 더 설명이 편하겠네요.

　"비슷한 종인 거죠?"

　－맞아요. 다만 서리 뿔 누크가 광맥에 깃든 신력을 흡수하여 자연적으로 생겨난 변이종이라면, 이 어둠 서리 뿔 누크는 샤르바토 님에 의해 길러진 변이종이에요. 그들은 아마 서리 뿔 누크보다 배 이상 강력한 힘을 가지고 있을 테죠.

　"그렇군요."

　－그러니 우리 전력으로 누크들을 맞상대하는 상황은 무조건 피하는 게 좋아요.

　아디아네르의 말에 의하면, 이 어둠 서리 뿔 누크들은 '신력'을 감지할 수 있는 능력을 가지고 있다 하였다.

그리고 그 능력을 통해 아디아네르와 이안 일행을 추격할
것이라 하였다.

"그럼 그 누크들의 신력 감지 능력을 피할 방법을 찾아야
겠네요?"

이안의 물음에, 아디아네르가 고개를 끄덕이며 대답했다.

-맞아요. 그게 가장 중요하죠.

그리고 이와 동시에.

띠링-!

새로운 퀘스트 창이 이안의 눈앞에 떠올랐다.

-조건이 충족되었습니다.

-'어둠 서리 사슬 찾기(서사)(보조)'퀘스트를 수령하였습니다.

그리고 그 퀘스트를 읽어 내려가는 이안을 향해, 아디아네
르가 다시 입을 열었다.

-제가 성역을 유지할 수 있는 동안, '어둠 서리 사슬'을 찾
아야만 해요. 그것으로 저와 메시아께서 갖고 계신 신력을 인
위적으로 봉인해야 해요.

"신력을 숨겨서, 어둠 서리 뿔 누크들의 추격을 피해야 한
다는 거죠?"

-정확해요.

"사슬은 어디에 있을까요?"

이안의 마지막 질문에 대답한 것은, 잠자코 둘의 대화를 듣고 있던 폴린이었다.

"뇌옥의 동쪽 끝, 간수장의 당직실이 있을 겁니다, 폐하."

"아하."

"어둠 서리 사슬은 분명 거기에 있을 거예요."

카일란 공식 커뮤니티에, 오랜만에 새로운 공지가 떴다.

그리고 그 공지는, 제목부터 무척이나 충격적인 내용을 담고 있는 것이었다.

카일란 신규 서버 오픈 안내.

└응……? 신규 서버 오픈?

└뭐야. 이거 잘못 올라온 공지 아니야?

카일란에서 신규 서버 오픈이라는 이야기는, 그리 가볍게 꺼낼 수 있는 것이 아니었다.

신규 서버를 밥 먹듯이 오픈하는 게임들도 물론 많았지만, 반대로 카일란만큼 신규 서버 오픈에 인색한 게임이 없었으니 말이다.

카일란이 정식 서비스를 시작하고 나서, 국가별 서버 외에 신규 서버를 오픈한 것이 베리타스가 처음이었던 것.

┗ 이거 진짠가 본데?
┗ 헐, 베리타스 오픈한 지 얼마나 됐다고……?

그런데 지금 이 시점은, 첫 신규 서버였던 베리타스가 오픈된 지 반년밖에 지나지 않은 시점이었다.
게다가 공지 안의 내용은 더욱더 충격적이라고 할 수 있었다.

언제나 모험가 여러분께 새로운 소식을 전해드리는, GM플리안입니다.
이번에 모험가 여러분께 전해 드릴 소식은, 신규 서버 오픈과 관련된 소식이며…….
……중략……
정확히 30일 뒤, 세 개의 신규 서버가 론칭될 예정이니, 게임 이용에 참고 부탁드리겠습니다.
신규 서버의 명칭은 오픈 당일 공개될 예정이며, 세계관은 베리타스 서버의 세계관과 커플링될 것입니다.
기존의 국가별 서버가 같은 세계관을 공유하는 것을 참고해 주시면 감사하겠습니다.

……후략……

┗신규 서버가 하나도 아니고 세 개……?
┗헐, 갑자기 서버 찍어 내는 이유가 뭐지?
┗그러게. 카일란이 서버 찍어 낸다고 매출이 오르는 게임도 아
닐 텐데.

그래서 오랜만에 커뮤니티 게시판들은 활활 타올랐다.
갑자기 이렇게 신규 서버가 열리게 되는 이유를 추측하는
글부터 시작해서, 벌써부터 신규 서버를 준비하기 시작하는
유저까지.
다양한 글들이 올라오기 시작한 것이다.

┗와, 이럴 줄 알았으면 베리타스 미리 좀 플레이해 볼 걸.
┗왜요?
┗세계관이 베리타스랑 똑같다고 하잖아요. 미리 정보를 얻어
뒀으면 신규 서버에서 치고 나갈 수 있을 테니까요.
┗아……!

그리고 이 많은 게시 글들 중, 가장 많은 조회 수를 기록한
글은 바로 다음 게시 글이었다.

제목 : 카일란의 세계관에 대하여.

그것은 바로, 이렇게 신규 서버가 동시다발적으로 열리게 된 이유에 대한, 어떤 유저의 추론.

여러분. 저는 예전부터 이런 생각을 했었습니다.
원래부터 베리타스의 세계는, 수많은 평행세계와 연결된 또 하나의 지상계가 아닐까?
지금 국가별 서버가 전부 같은 세계를 공유하는 것처럼, 베리타스도 수많은 평행세계가 존재하는 것은 아닐까?

이 유저의 추론을 시작으로, 수많은 유저들의 갑론을박이 펼쳐지기 시작하였다.

근래 들어 가장 난이도 높았던 여정 끝에, 이안은 결국 이 두 번째 시나리오 퀘스트를 클리어할 수 있었다.
띠링-!

-'만년 서리 감옥' 필드를 벗어났습니다.
-파티원 전원이 생존하였습니다.

Taming
Master
테이밍마스터
시즌3

-조건이 충족되었습니다.

　-퀘스트를 성공적으로 클리어하였습니다!

　퀘스트의 피날레는, '신력'을 봉인당한 채 만년 서리 감옥을 돌파해야 하는 최후의 전투였다.

　그리고 하나의 커다란 시나리오 퀘스트의 대미를 장식하는 전투답게, 이 전투에서 이안은 정말 지옥 같은 난이도를 경험하였다.

　'진짜 아찔한 전투였어.'

　난이도가 높았던 이유는 상대해야 하는 적들이 더 강해져서가 아니었다.

　어차피 '어둠 서리 뿔 누크'는 전부 피해 다녔기에, 이안 일행이 상대해야 했던 적들은 기존에도 상대했던 만년 서리 감옥의 간수들이었으니까.

　다만 문제는 퀘스트 진행을 위해 착용할 수밖에 없었던 '어둠 서리 사슬'이라는 페널티.

　-어둠 서리 사슬을 소지하였습니다.

　-'신력'과 관련된 모든 스텟과 스킬이 봉인됩니다.

　이 페널티가 퀘스트의 난이도를 지옥같이 올린 장본인이라고 할 수 있었다.

'어쩐지 너무 쉽게 마무리된다 싶었지.'

청단부터 시작해서 폴린, 아디아네르까지…… 이안의 파티는 전부 신력을 가진 존재들.

그 상황에서 파티원 전부가 이 어둠 서리 사슬을 소지해야 했으니…….

"휴, 힘들었습니다."

"진짜 죽을 뻔했네."

이렇게 까다로운 페널티도 없을 것이었다.

"고생하셨습니다, 여러분."

"무사하셔서 다행입니다, 아디아네르 님."

"여러분들 덕에 이렇게 다시 빛을 볼 수 있게 되었네요."

띠링-!

-클리어 등급 : SS⁺

-퀘스트 보상으로 경험치를 획득하였습니다.

-퀘스트 보상으로 골드를 획득하셨습니다.

……중략……

-신화 퀘스트를 클리어하셨습니다.

-신격 경험치가 대폭 증가하였습니다.

-신격 레벨이 상승하였습니다!

어쨌든 이안의 피나는 노력(?)으로 이렇게 무사히 마무리 될 수 있었던 퀘스트.

'그래도 이제 신씩이나 되는 NPC를 구출했으니 꽃길 걷는 퀘스트도 좀 나와 주겠지?'

하지만 퀘스트가 완료되었음에도 불구하고, 이안의 시련은 여기서 끝나지 않았다.

"그런데요, 아디아네르 님."

"네, 말씀하세요."

"이제 위험 지대는 벗어났으니…… 어둠 서리 뿔 누크가 여기까지 쫓아올 수는 없겠죠?"

"맞아요. 이안 님 말씀처럼 어둠 서리 뿔 누크는 샤르바토 님의 권역 밖으로 나올 수 없답니다."

그리고 그 이유는…….

"그럼 이제 이 '어둠 서리 사슬'의 봉인을 풀어도 되지 않을까요?"

아직까지도 이안의 허리께에 묶여 있는 이 시커먼 쇠사슬과 관련 있는 것이었다.

"물론 이제 신력의 봉인을 풀어도 위험한 일은 없을 거예요."

"그럼……."

"하지만 안타깝게도 지금 당장은 그것을 풀어낼 수 있는 방법이 없답니다."

"네……?"

어둠 서리 사슬은, 착용할 때는 마음대로 착용할 수 있었지만, 해제는 마음대로 할 수 없는 아주 더러운(?) 아이템이었던 것이다.

–해제할 수 없는 아이템입니다.
–'어둠 서리 사슬'을 해제하기 위해서는 특별한 장비가 필요합니다.

"……!"

수많은 몬스터들을 처치하고 무려 신화 시나리오 퀘스트까지 클리어했음에도 불구하고, 아직 이안의 레벨은 200레벨 초반밖에 되지 않는다.

그리고 이 정도의 레벨은 상위권 랭커들과 비교해도 최소 50레벨 이상 떨어지는 수준.

그러니까 신격 레벨이 활성화되지 않은 상태에서 이안의 스펙은, 평범한 베리타스의 랭커(?)들보다도 훨씬 떨어질 수밖에 없다.

이 어둠 서리 사슬을 풀어낼 수 없다면, 이안은 전투력이 반 토막 난 상태에서 플레이를 해야 된다는 말인 것이다.

"말도 안 돼……!"

너무 억울한 나머지 이안은 반사적으로 비명을 내질렀고.

그런 그를 아디아네르가 달래기 시작하였다.

"너무 걱정 마세요, 이안 님."

"아니…… 걱정 안 되게 생겼습니까……?"

"당장은 강력한 적과 싸워야 할 일이 없을 거예요."

"……."

이안이 걱정하는 이유는, 파티의 안위(?) 때문이 아니다.

그저 이렇게 스펙이 제한되어 있는 동안 성장이 더뎌질 것이 문제일 뿐.

'아니, 이 아줌마가……! 다른 랭커한테 따라잡히면 책임질 것도 아니면서!'

지금 이 순간에도 어디선가는 분명 입신지로를 걷는 다른 랭커들이 신격 레벨을 올리고 있을 터이니.

이안으로서는 이 '어둠 서리 사슬'이 랭킹 1위를 견제하는 시스템으로 느껴졌던 것이다.

"하아."

하지만 그런 이야기를 아디아네르에게 할 수 없었으니, 이안의 입에서는 한숨만 새어 나올 뿐.

"그럼 이 어둠 서리 사슬을 풀어내려면, 뭐가 필요할까요?"

그나마 다행인 것은 아디아네르가 사슬을 끊어 낼 방법에 대해 알고 있다는 정도였다.

"사슬을 풀 수 있는 방법은 모릅니다만, 이것을 충분히 끊어 버릴 능력을 갖고 있는 분은 알고 있습니다."

"그, 그게 누군가요?"

"대장장이의 여신 캐슈아 님이시라면……. 어렵지 않게 사슬을 끊으실 수 있을 거예요."

"대장장이의 여신……요?"

대장장이의 여신이라는 말에 이안은 순간 머릿속이 정지되었다.

'우락부락한 대장장이가…… 여신이라고?'

뭔가 이안에게 익숙했던 이미지 속에서는, '대장장이'와 '여신'이라는 두 단어가 쉽사리 매칭되지 않았으니 말이다.

하지만 지금 중요한 것은 그게 아니었기에 이안은 곧바로 이어서 물어보았다.

"그럼 그 캐슈아 님을 찾아가기 위해서는 어떻게 해야 할까요?"

이안의 질문에 이번에는 청단이 대답하였다.

"그건 간단해."

"음?"

"천궁으로 가면 되니까."

"……!"

"캐슈아 님의 대장간은 천궁에 있거든."

청단의 대답에 이안의 머릿속이 다시 혼란해졌다.

"천궁이라고……? 거긴 신계 아니야?"

"그렇지?"

"신계를 그렇게 막 갈 수 있는 거야?"

"막 가는 건 아니고……."

이안의 상식으로 신계는 아무나 발을 들일 수 있는 곳이
아니다.

물론 지금의 이안은 '하급 신'이라는 신에 준하는 위격을
가지고 있는 상태였지만.

신계에 그렇게 쉽게 갈 수 있다면 지금 이 '구원'이라는 이
름의 시험을 치르고 있지도 않았을 테니 말이다.

'신계는 이 신화 퀘스트를 전부 다 클리어해야 갈 수 있는
거 아니었나?'

이안의 그러한 의문점을 해결해 준 것은 역시 아디아네르
였다.

"이안 님께서 천궁에 대해 잘 모르시는 것 같으니, 제가
간단하게 설명해 드려도 될까요?"

"오……! 물론이죠!"

그리고 아디아네르의 그 이야기 속에서.

이안은 꽤 흥미로운 정보들을 얻을 수 있었다.

"이안 님은 혹시 차원계에 대해 얼마나 알고 계신가요?"

"그, 글쎄요. 그래도 나름대로 제법 알고 있다고 생각은

하는데…….”

“그럼 제가 한 가지 질문을 드려 볼게요.”

“말씀하세요.”

“인간계라고 불리기도 하는 이 지상계, 그러니까 우리가 밟고 있는 이 ‘베리타스’의 세계가 지상계의 전부일까요?”

아디아네르의 질문이라는 것은, 차원계와 관련된 카일란의 세계관에 대한 것이었다.

그리고 당연히 이 부분에 대해 잘 알고 있는 이안은, 어렵지 않게 대답할 수 있었다.

“세상에는 수많은 차원계들이 존재하죠. 셀 수 없이 많은 지상계들이 존재하고, 그보다는 적지만 역시 다양한 중간계가 존재한다고 알고 있습니다.”

이안의 대답에 아디아네르는 흡족한 표정으로 고개를 끄덕였다.

“역시 잘 알고 계시군요.”

잠시 뜸을 들였던 아디아네르가, 천천히 다시 말을 이었다.

“그렇다면 혹시, 오직 하나뿐인 유일한 차원계에 대해서도 알고 계신가요?”

이안이 곧바로 대답했다.

“신계를 말씀하시는 거죠?”

아디아네르가 다시 한번 고개를 끄덕였다.

"맞습니다. 신계는 그 어떤 평행 세계의 차원계도 존재치 않는 유일무이한 차원계죠."

이안과 시선을 마주친 아디아네르는 웃으며 계속해서 말을 이어 갔다.

그리고 그다음 말을 들은 순간.

"그래서 사실 '천궁'은 신계라고 할 수 없는 차원계예요."

뇌 정지가 온 이안은 두 눈이 휘둥그레질 수밖에 없었다.

"그, 그건 또 무슨 말씀이신지……."

청단은 분명히 천궁이 신계에 있다고 했다.

아니, 청단뿐 아니라 아디아네르도 분명히 그렇게 말했었다.

'그런데 이제 와서 아니라고?'

"신계가 아니라면. 그럼…… 중간계인 건가요?"

"그것도 아니죠."

"……?"

하여 지금 당황한 것은, 비단 이안뿐만이 아닌 상황.

"아디아네르 님, 천궁이 신계가 아니라고요?"

"그게 무슨 말씀이십니까, 아디아네르 님?"

당황한 표정이 된 청단과 폴린을 한 번씩 응시한 아디아네르가 웃으며 다시 입을 떼었다.

"천궁은 신계이기도 하지만, 신계가 아니기도 합니다."

"……!"

"신들의 필요에 의해서 만들어진, 신계에 준하는 위격을 가진 차원계이기는 하지만, 오로지 '신'에게만 허락되어 있는 진짜 신계는 따로 있다는 이야기지요."

하지만 설명을 들으면 들을수록 점점 더 헷갈리고 미궁 속으로 들어가는 것만 같은 아디아네르의 이야기.

'대체 이게 무슨 말이야?'

하여 이안은 가만히 아디아네르의 다음 이야기를 기다렸다.

그녀의 말은 계속해서 이어졌다.

"생각해 보세요, 폴린 그리고 청단."

"경청하겠습니다, 여신님."

"예, 아디아네르 님."

"그대들은 혹시 '신'인가요?"

"……!"

"그, 그럴 리가요!"

"그렇다면 어떻게 천궁에 드나들 수 있었죠?"

"아……!"

청단과 폴린은, 마치 둔기로 머리를 한 대 맞은 듯한 표정이었다.

이제껏 신을 보좌하는 역할을 했던 그들이기에 신계에 '특별히' 드나들 수 있었던 것이라고 짐작하고 있었건만.

아디아네르의 이 이야기로 인해 그게 틀렸다는 것을 알게 되었으니 말이다.

"쉽게 말해 천궁이라는 곳은……. '신'들이 신격을 갖지 못한 중간자들과 소통하기 위해 인위적으로 만들어 낸 차원계예요."

"……!"

"수많은 차원계들을 경영하기 위해서는, 신들도 중간자들의 도움이 필요하거든요."

"그런……."

"그러니까 신들이 부담 없이 본체로 현신하여 신격을 발휘할 수 있으면서도, 중간자들 역시 드나들 수 있는 예외적인 공간."

목이 타는지 잠시 말을 멈춘 아디아네르가, 마지막 한마디를 덧붙였다.

"그 역할을 위해 태어난 예외적인 유일한 차원계가 바로 '천궁'이라고 생각하면 되겠어요."

아디아네르의 마지막 말을 들은 이안은 순간적으로 머릿속이 맑아지는 듯한 느낌을 받았다.

'아, 그래서……!'

방금 아디아네르의 이 설명으로 인해 지금까지 갖고 있던 수많은 의문들이 한 번에 풀려 버렸으니 말이다.

"그러니까 아직 구원의 시험을 통과하지 못한 이안 님이시라 하더라도 천궁은 충분히 드나들 수 있는 자격을 갖고 계세요."

"다행이네요."

그리고 그 의문들 중 하나에 대한 해답을 다시 한번 확인하기 위해.

"그럼 아디아네르 님."

"예?"

잠시 폴린을 응시한 이안이, 천천히 입을 떼기 시작하였다.

심연의 미궁

폴린을 만난 직후부터, 이안은 줄곧 한 가지 의문을 가지
고 있었다.

그것은 바로 이 카일란 세계관에 대한 의문.

'대체 폴린은 이 베리타스에서 어떻게 존재할 수 있었던
거지?'

스토리에 따르면 폴린은 억겁의 세월 전부터 이 만년 서리
감옥 안에 갇혀 있었다.

여신 아디아네르가 감옥에 갇히게 된 시점이 바로 북부 대
륙 종말의 날이었고.

그날 폴린 또한 함께 갇혔으니, 폴린은 최소 1천 년 이상
을 이 감옥 안에 갇혀 있었던 것이다.

'1천 년이라…….'

사실 1천 년이라는 시간이 길어서 문제가 되는 것은 아니다.

지금 폴린은 중간자를 넘어 일부 신격에 준하는 위격을 가지고 있는 상태였고.

그러한 존재가 1천 년 이상을 살아 있다 해도 문제될 것 하나 없었으니 말이다.

다만 이안이 이해되지 않는 부분은…….

감옥에 갇혀 있었다던 폴린이 어떻게 콜로나르 대륙에도 존재할 수 있었는지에 대한 부분이었다.

'어떻게 생각해 봐도 타임라인이 겹칠 수밖에 없는데.'

사실 이러한 궁금증은, 당장의 퀘스트를 진행하는 데 도움이 될 만한 것은 아니다.

사실 베리타스에서 폴린의 활동 시간이 콜로나르 대륙과 겹치든 말든 적당히 추측하고 넘어가도 퀘스트 진행에 아무런 문제가 없을 테니까.

'아디아네르라면 어떻게 이게 가능한지 알고 있을지도.'

하지만 이안은 여기에 카일란의 세계관과 관련된 몰랐던 정보가 담겨 있을지도 모른다고 생각했고.

앞으로 '신계'라는 최종 콘텐츠를 진행하기 위해서 장기적으로 분명히 도움될 만한 정보가 숨겨져 있을 것이라 생각했다.

그 때문에 이안은 아디아네르에게 이 부분에 대하여 물어 봤고…….

"아하, 재밌네요. 이안 님께서 뭐가 궁금한지 알겠어요."

이안의 설명을 다 들은 아디아네르의 첫마디는, 이안이 생각지도 못했던 것이었다.

"그러니까……. 폴린 경이 이안 님의 '신화' 속 인물이라는 거로군요?"

"신화 속 인물……요?"

"그렇잖아요. 이안 님은 지금, 증명해야 할 신화 속 스토리 안에 폴린 경이 존재한다는 이야기를 하고 계신걸요."

"……!"

이안이 놀란 포인트는, '신화 속 스토리'라는 워딩이었다.

'한국 서버 지상계에서 했던 내 플레이 히스토리를 신화 속 스토리로 생각한다는 거네?'

이안은 지금껏 베리타스에서의 플레이를, 전생 또는 환생에 가깝게 여기고 있었다.

그런데 아디아네르는, 이안의 전생(前生)을 신화 속 스토리라고 이야기하고 있다.

일단 아디아네르의 말을 이해한 이안은 고개를 끄덕였고.

"어…… 정리하자면 그렇죠?"

그 대답에 아디아네르의 말이 다시 이어지기 시작하였다.

"이안 님은 혹시 '평행 세계'라는 말을 들어 보셨나요?"

"평행…… 세계요?"

"그러니까 같은 위격을 가진 별개의 차원계이면서, 완전히 동일할 정도로 흡사한 환경을 가진 세계를 평행 세계라고 표현하거든요. 이 평행 세계는 오로지 '지상계'에만 존재하는 개념이랍니다."

이안은 이번에도 고개를 끄덕였다.

'국가별로 존재하는 수많은 서버들이, 전부 평행 세계라고 할 수 있겠네.'

카일란에는 열 개도 넘는 국가별 서버가 존재하며, 그들은 모두 같은 세계관을 가진 '지상계'에 속하는 차원계였으니까.

그것이 아마 아디아네르가 이야기하는 '평행 세계'일 터.

"알고 계신다면 설명이 편하겠네요."

이어서 아디아네르가 또 하나의 질문을 던졌다.

"그렇다면 이안 님은, 지상계 안에 서로 다른 평행 세계가 존재한다는 사실도 알고 있으세요?"

이번에는 이안도 곧바로 고개를 끄덕일 수 없었다.

그녀의 말이 단번에 이해되지는 않았으니 말이다.

'서로 다른 평행 세계라면…….'

하지만 조금 생각하자 곧 이 '서로 다른 평행 세계'라는 게 어떤 의미인지 알 수 있었고.

'기존의 지상계와 이 베리타스를, 서로 다른 평행 세계라고 표현하는 거겠네.'

확인 차 그녀를 향해 되물어보았다.

"같은 평행 세계 안에 속하지 않은, 다른 지상계를 의미하는 건가요?"

그리고 이안의 대답이 흡족스러웠는지, 아디아네르가 환하게 웃으며 고개를 끄덕였다.

"맞아요. 잘 알고 계시는군요."

잠시 뜸을 들인 아디아네르가 천천히 입을 떼기 시작하였다.

"이안 님께서 하신 질문의 해답은, 바로 여기에 있어요."

"네? 그게 무슨……."

"같은 평행 세계 안에 같은 영혼을 가진 존재가 존재할 수는 없지만, 서로 다른 평행 세계 안에서는 같은 영혼을 가진 또 다른 존재가 존재할 수 있거든요."

순간적으로 사고가 마비된 이안은 멍한 표정이 되었고, 그런 그를 향해 아디아네르의 설명이 다시 이어졌다.

"이안 님이 신화를 쌓으신 세계. 그리고 지금 우리가 밟고 있는 이 베리타스의 세계."

"……!"

"이 두 세계는 분명 지상계에 속해 있는 차원계지만, 같은 평행 세계 안에 속한 차원계는 아닐 거예요."

아디아네르가 빙긋 웃으며 한마디 덧붙였다.

"그 증거가 바로 이안 님이기도 하고요."

아디아네르가 말을 마치고 나자, 이안의 머릿속이 더욱 빠르게 회전하기 시작했다.

'그러니까 한국 서버에도 폴린이라는 존재가 동시에 존재하고 있다는 말인 거지?'

그리고 문득 하나의 깨달음이 찾아왔다.

'잠깐. 그러고 보니……'

지금 '이안'이라는 이름을 쓰고 있는 자신의 캐릭터 또한 두 개의 육신을 가지고 있다는 사실 말이다.

'내 본체도 어딘가에 봉인되어 있다고 했는데.'

의문이 풀린 이안은, 연쇄적인 궁금증이 생기기 시작하였다.

"그럼 아디아네르 님."

"말씀하세요, 이안 님."

"서로 다른 평행 세계에 있는 같은 영혼을 가진 존재가, 중간계에서 만나게 될 수도 있는 건가요?"

"그건 무슨 말씀이시죠?"

"평범한 인간도 충분한 격을 쌓으면, 얼마든지 중간자가 될 수 있잖아요?"

"그렇죠."

"다른 평행 세계에 존재하는 같은 존재가 둘 다 중간자의 위격을 달성한다면……. 중간계에서 만나게 될 수도 있냐는 질문이었습니다."

이안의 말에 아디아네르는 웃으며 고개를 절레절레 저었다.

"재밌는 발상이지만…… 제가 알기로 그럴 수는 없어요, 이안 님."

"어째서 그렇죠?"

그리고 이어진 아디아네르의 대답은 무척이나 명료하였다.

"같은 영혼을 가진 존재 중 하나가 중간자의 위격을 달성하는 순간, 다른 평행 세계에 있는 존재들은 중간자가 될 수 없는 영혼이 되어 버리거든요."

"……!"

"아마 이안 님의 신화 속 세계 안에 서의 '폴린' 님은 중간자의 위격을 달성하지 못한 존재일 거예요. 그렇죠?"

아디아네르의 말이 끝나자마자 이안은 머리가 깨끗하게 맑아지는 것을 느낄 수 있었다.

'그래, 그러고 보니 폴린은 중간자가 될 수 없었어.'

카이자르나 헬라임과 마찬가지로 최고 레벨인 500레벨 언저리까지 달성했던 폴린이지만.

중간자가 되어 중간계를 활보했던 두 가신들과 달리, 폴린은 그렇게 될 수 없었던 것이다.

여기까지 생각이 미친 이안의 머릿속에 마지막 의문점이 떠올랐다.

"그럼…… 한 가지 질문만 더 드려도 될까요, 아디아네르 님?"

"얼마든지요."

사실 그것은 의문점이라기보단…….

"말씀대로라면 이 베리타스에 존재하는 지금의 저는, 중간자가 될 수 없는 존재겠군요?"

확인을 위한 마지막 질문이라고 할 수 있었다.

"물론 그럴 수밖에 없겠죠. 그대의 신화 속 세계에서 이미 당신은 중간자의 위격을 얻으셨을 테니까요."

"아……."

"그랬으니 이곳 '베리타스'에서 구원의 시험을 치르실 수 있으시겠죠?"

이로서 모든 의문점이 다 풀린 이안은, 흥미로운 표정이 되었다.

'재밌네.'

'베리타스'라는 세계관이 어떻게 존재할 수 있는지에 대한 의문점까지도 다 풀렸으니 말이다.

"아, 그래서 내가……."

한국 서버에서의 히스토리를 어느 정도 기억하는 폴린도 고개를 주억거렸으니, 아디아네르와 이안의 대화를 이해하지 못하는 사람은 청단 한 사람뿐.

"쳇. 난 무슨 이야긴지 모르겠어."

하지만 청단에게 굳이 설명해 줄 필요는 없었다.

어차피 다른 평행 세계에서의 기억을 갖지 못한 존재라면, 아무리 설명해도 제대로 이해할 수 없는 내용일 테니 말이다.

"아무튼 그러면 이제……."

그래서 원하는 것을 전부 얻어낸 이안은 화제를 돌렸다.

"천궁에 어떻게 갈 수 있을지를 여쭤봐야겠군요."

신계와 동등한 위격을 가졌으나 신계가 아닌 곳.

"그렇죠. 이 사슬을 최대한 빨리 끊어 내야 이안 님께서 구원의 시험을 계속해서 치르실 수 있을 테니까요."

'천궁'으로 향할 차례였다.

"천궁으로 향하는 길이 북부 대륙 안에 있나요?"

이안의 질문에, 아디아네르 대신 청단이 대답하였다.

"맞아. 여기서 멀지 않은 곳에 있어."

"그래?"

"애초에 이 천공의 성 자체가, 천궁과 가까운 곳에 지어질 수밖에 없는 곳이었으니까."

품속에서 지도를 꺼낸 청단이, 그것을 이안의 앞에 펼쳐 보였다.

"너, 여기 협곡 기억나지?"

"물론이지."

"여기서 남쪽으로 내려가면 '심연의 계곡'이라는 필드가 있어. 혹시 알고 있어?"

이안이 고개를 끄덕였다.

심연의 계곡에 가 본 적은 없었지만, 월드 맵상에서 명칭은 본 적은 있었다.

"알아. 가 본 적은 없지만."

그리고 이안의 눈이 반짝였다.

'그러고 보니 필드 봉인이 풀려 있네?'

원래 심연의 계곡은 이동이 제한되어 있던 필드였는데, 시나리오 퀘스트 클리어로 봉인이 해제된 것인지 진입 가능한 필드로 표시되어 있었으니까.

"거기로 가면 돼."

"계곡 안에 천궁으로 갈 수 있는 포털이 있는 거야?"

이번에는 폴린이 말했다.

"정확히는 '심연의 미궁'을 통과하셔야 합니다, 폐하."

"심연의…… 미궁?"

청단이 이안의 질문을 받았다.

"계곡의 깊숙한 곳에 미궁으로 들어가는 입구가 있어."

"거긴 어떤 곳인데?"

"말 그대로 미궁이야. 수많은 가디언들이 지키고 있는 미궁."

"……!"

여기까지 설명을 들은 이안은, 어쩐지 이어질 콘텐츠를 알

것만 같았다.

'하, 관문 돌파 퀘스트 냄새가 솔솔 나는데…….'

미궁이라는 필드의 명칭.

그리고 그곳을 지킨다는 가디언들.

"심연의 미궁은, 지상계와 천궁을 잇는 유일한 통로이죠."

"그렇군요."

"아마 이안 님의 신화 속 세계 어딘가에도 심연의 미궁으로 진입하는 포털이 존재했을 거예요."

이안은 그 미궁이 최대한 복잡하지 않기를 바랄 따름이었다.

"가디언들을…… 돌파해야 천궁에 도달할 수 있겠죠?"

아디아네르가 대답했다.

"폴린이나 청단은 그럴 필요가 없을 거예요. 이들은 이미 미궁의 인정을 받은 존재들이니까요."

"그 말씀은……."

"이안 님께서는 가디언들의 인정을 받아야 한다는 말이죠."

혹시나 해서 물어봤던 이안은 입맛을 다셨다.

'결국 솔로 플레이로 돌파해야 하는 미궁 콘텐츠였네.'

그래도 해야 할 방향성 자체는 명확한 콘텐츠라는 게, 다행이라면 다행이라고 할 수 있었다.

"그럼…… 그 미궁이라는 곳으로 바로 가 보죠, 뭐."

"좋은 생각이예요."

이어서 걸음을 옮기려던 찰나.

"그런데 아디아네르 님."

"말씀하세요."

"그 미궁이라는 곳……."

이안이 허리 어림에 묶여 있는 사슬을 툭툭 건드리며, 한 마디를 덧붙였다.

"이게 묶여 있는 상태로도, 돌파할 만한 곳이겠죠?"

* * *

'심연'이라는 단어는 카일란에서 꽤 자주 만날 수 있다.

필드뿐만 아니라 각종 장비 아이템, 퀘스트, 소환수 등.

다양한 콘텐츠에서 빠지지 않고 등장하는 단어 중 하나가 '어비스' 혹은 '심연'이었으니 말이다.

물론 흔히 볼 수 있는 것과 별개로 '심연'이라는 수식어의 티어가 낮은 것은 아니다.

던전이나 필드에 '심연'이라는 수식어가 붙어 있으면 보통 높은 난이도를 가지고 있었고.

장비류 아이템에 '심연'이라는 수식어가 붙어 있으면 대부분 좋은 옵션을 가지고 있었으니까.

어쨌든 이렇게, 종종 만날 수 있는 수식어인 심연.

그래서 이안은 '심연의 미궁'이라는 단어를 봤을 때에도 크게 의미 부여를 하진 않았다.

'대충 어떤 던전일지 상상은 되네.'

심지어 콜로나르 대륙에도 동명의 다른 던전이 있을 정도였으니.

의미 부여를 하는 게 오히려 이상한 일일지도 몰랐다.

아무리 이안의 '신화' 속 소환수 중 '어비스 터틀'과 '어비스 골렘'이 존재할지라도 말이다.

"그래서 별생각이 없었는데……."

때문에 이안은 적잖이 놀랄 수밖에 없었다.

띠링-!

-'심연의 미궁'에 입장하였습니다.

-조건이 충족되었습니다.

-새로운 '신화 퀘스트'가 발동합니다.

'심연의 미궁'에 입장하여, 떠오르는 메시지를 확인한 순간 말이다.

-신화 퀘스트 '심연의 주인'을 수령하였습니다.

그리고 이안의 변화를 가장 먼저 알아챈 존재는 바로 아디아네르였다.

"이안 님의 신화가 감응했군요."

"엇, 그걸 어떻게……."

"비록 하급 신이라고는 해도, 제가 '신'이라는 걸 잊으신 건 아니겠죠."

아디아네르의 말에 이안은 의문스러운 표정이 되었다.

이어서 조심스레 그녀를 향해 다시 물었다.

"사실 처음 뵀을 때부터 궁금했던 게 하나 있는데요, 아디아네르 님."

"말씀하세요."

"지금 제가 가지고 있는 위격도 '하급 신'이거든요?"

"알고 있지요."

"그런데 보면 볼수록 아디아네르 님께서 가지고 계신 능력들이 저와 비교조차 하기 힘든 수준으로 보여서요. 하급 신 안에서도 분명히 격차가 존재하겠지만, 혹시 어떤 다른 이유가 있을까요?"

이안의 물음에, 아디아네르가 빙긋 웃으며 대답하였다.

"그 이유는 하나예요."

"……?"

"이안 님은 아직 구원의 시험을 통과하지 못한 '구도자'이지만, 저는 완성된 '신격체'이니까요."

아디아네르의 대답에도 의문이 전부 풀리지 않았는지, 이

Taming
Masters
테이밍마스터
시즌3

안은 다시 입을 열었고.

"그럼 현재 제게 주어진 '하급 신'이라는 위격은……."

그 말이 채 끝나기도 전에, 아디아네르의 대답이 이어졌다.

"만약 지금과 비슷한 수준으로 구원의 시험을 전부 통과했을 시, 이안 님께서는 저와 완전히 같은 위격을 지닌 하급 신이 될 수 있다는 말이지요."

이 대답까지 들은 이안은 그제야 고개를 주억거릴 수 있었다.

'어쩐지.'

사실 이전부터 본인이 가지고 있던 '하급 신'이라는 위격에 대해서는 의문스러운 부분이 많았으니 말이다.

'신치고 너무 능력이 하잘것없는 듯싶더라니…….'

그런데 여기서 또 하나의 의문점이 생겼다.

정확히는 아디아네르의 마지막 대답 안에서, 한가지 흥미로운 부분을 발견한 것이다.

"그럼 아디아네르 님."

"네, 이안 님."

"방금 '지금과 비슷한 수준으로 구원의 시험을 전부 통과했을 시'라고 하셨는데요."

"그랬죠?"

"이 말씀은 혹시, 구원의 시험 안에서 얻어 낸 성과에 따

라 신격이 되었을 때 다른 위격이 주어질 수도 있다는 얘긴
가요?"

이안의 이 질문에 아디아네르가 처음으로 놀란 표정이 되
었다.

"으음⋯⋯."

그러고는 조금 곤란한 표정이 되어 다시 천천히 입을 떼
었다.

"죄송하지만, 그 부분에 대해서는 더 말씀드릴 수 없어
요."

"그렇군요."

"이 이상의 이야기를 '구도자'인 이안 님께 해 드리는 것
은, 신계의 율법에 어긋날 것 같거든요."

"알겠습니다."

하지만 아디아네르가 정확한 답을 주지 않았음에도 불구
하고, 이안은 눈치껏 알 수 있었다.

'맞네. 내 말이 맞나 보네.'

그런 그를 향해, 아디아네르가 한마디를 덧붙여 주었다.

"후후, 이안 님께서 이렇게나 예리한 분이신 줄은 몰랐
군요."

그리고 그 한마디는.

이안으로 하여금, 좀 더 확신을 가질 수 있도록 해 주었
다.

'이러면 사실상 긍정이지, 뭐.'

해서 이안은 무척이나 흥미로운 표정이 되었다.

'그러니까 정리하면…… 이 신화 퀘스트를 다 클리어하기 전에 내게 주어진 신격은 임시라는 소리고…….'

역시 콘텐츠에 대한 이해도가 높아질수록, 재밌어지는 게임이 카일란인 것 같았다.

'이 모든 신화 퀘스트가 끝났을 때 내게 부여되어 있는 그 임시 신격이, 신이 되었을 때 내가 가지게 될 최종 신격이라고 할 수 있겠네.'

결론이 나자 이안은 더욱 의욕이 솟구쳤다.

단순히 클리어를 넘어 매 퀘스트에서 더 좋은 성적을 거둘수록 더 상위 신격을 얻어 낼 수 있는 퀘스트가 이 신화 퀘스트들이라면.

모든 퀘스트에서 최고의 성적을 거둬야만 직성이 풀릴 이안이었으니 말이다.

"재밌네."

그리고 머릿속을 정리하는 이안을 향해 아디아네르가 다시 입을 열었다.

"어쨌든 이제 미궁에 도착하였으니, 잠시 헤어질 시간이로군요, 이안 님."

"네?"

의아한 표정으로 반문하는 이안을 향해, 청단이 창대를 빙글빙글 돌리며 대꾸해 주었다.

"기억 안 나? 심연의 미궁은, 혼자 통과해야 하는 관문이라니까."

"아……!"

"그러니까 고생하라고. 나는 먼저 천궁에 가 있을 테니까."

"맞다. 넌 이미 이 미궁의 시험을 통과했다고 했었지?"

청단이 고개를 끄덕였고, 이번에는 폴린이 이안을 격려해 주었다.

"폐하께서는 어렵지 않게 통과하실 수 있을 겁니다."

"뭐, 그렇겠지?"

청단이 장난기 어린 표정으로 몇 마디 덧붙였지만 말이다.

"그건 '어둠 서리 사슬'이 없을 때 얘기고."

"……."

"아무튼 잘해 보라고. 오래는 안 기다려 줄 거야."

이안은 청단의 이야기를 곧바로 비웃어 주고 싶었지만, 진실(?)을 알고 있기에 차마 그럴 수는 없었다.

'젠장, 신력만 쓸 수 있었어도……!'

신력 없이 돌파해야 하는 미궁이 얼마나 어려울지는, 이미 퀘스트 정보 창에 명시된 난이도만 봐도 알 수 있는 것이었으니 말이다.

─퀘스트 난이도 : SSSS⁺

베리타스에 와서는 거의 본 적 없는 수준의, 쿼드러플 S등급의 난이도.

"후우."

구겨진 이안의 표정을 보며 청단은 낄낄 웃었고.

그 옆에서 빙긋 미소 짓고 있던 아디아네르가 천천히 입을 열었다.

"심연의 미궁을 통과해 나오시면, '성운(聖雲)'이 보일 거예요. 성운이 뭔지는 알고 계시죠?"

"물론입니다."

이안이 고개를 끄덕였다.

성운이라면 중간계에서도 많이 경험해 본 필드.

모를 리가 없었다.

"성운을 따라 북쪽으로 계속 올라오시면 천궁의 남문이 보일 거예요."

"그렇군요."

"그곳에 도착해서 문지기에게 '심연의 징표'를 보여 주시면, 어렵지 않게 궁 내로 입장하실 수 있을 겁니다."

"알겠습니다."

"캐슈아 님의 대장간은 남문 근처에 있으니…… 어렵지 않게 찾으실 수 있을 거예요."

아디아네르에게 설명을 전부 다 들은 이안은 주먹을 꽉 말
아 쥐었다.

'그래. 중간계에서는 펜타S급 퀘스트도 여러 번 클리어했
는데, 쿼드러플S라고 너무 쫄 필요 없지.'

이어서 이안에게 마지막 인사를 남긴 일행은…….

"그럼, 운이 따르기를 빌도록 하죠."

"힘내라고."

"다시 뵙겠습니다, 폐하!"

우우웅-!

커다란 공명음만을 남겨 둔 채, 심연 안쪽으로 순식간에
빨려들어 갔다.

"후우, 좋아."

일행이 전부 사라지는 것을 확인한 이안은, 성큼성큼 미궁
안쪽으로 걸어들어가기 시작하였다.

그리고 잠시 후.

띠링-!

-첫 번째 가디언을 조우하였습니다.
-'가디언의 시험'을 시작하시겠습니까?

이안의 전투가 시작되었다.

모든 것을 집어삼킬 듯한 짙은 어둠과 고요가 흐르는 어두컴컴한 심연.

누군가에게는 갑갑할 수도 있으며, 또 누군가에게는 공포스러울 수도 있는 곳.

그러한 곳이 이곳 심연이지만, 또 누군가에게는 그 어디보다 안락하고 쾌적한 보금자리가 바로 이 심연이다.

뿍- 뿍- 뿌뿍-!

깊은 심연 속에서 태어났으며, 그곳에서 기나긴 시간을 자라 왔고.

결국 심연의 주인이 되어, 차원의 중재자로까지 성장할 수 있었던…….

이 카일란의 세계관 안에서 오직 하나뿐인 존재.

뿍- 우물우물- 뿍-!

뿍뿍이에게 이곳 심연은, 그저 천국과도 같은 곳이라고 할 수 있었다.

-뿍, 맛있뿍……!

벌써 몇 달째 심연 속에서 빈둥거리는 뿍뿍이는, 무척이나 행복할 수밖에 없었다.

수 년 동안 '주인'에게 코가 꿰어 갖은 궂은 일(?)을 도맡아 했던 그에게.

이 안락한 심연 속에서의 여유 넘치는 생활은, 행복 그 자체가 아닐 수 없었던 것이다.

-많이 먹었더니 졸리다뿍. 흐아아뿍.

심연 안에서 뿍뿍이의 하루 일과는, 먹고 자고 싸고 뒹굴고가 전부였다.

이러한 단순한 생활을 몇 달째 하는 것도 누구에게는 고역일 텐데, 뿍뿍이는 전혀 그렇게 느끼지 않았다.

-뿍생, 편한 게 최고다뿍.

오히려 뿍뿍이는 이 하루 하루가 무척이나 소중하고 귀했다.

'주인'이 구원의 시험을 치르는 중인 지금이 아니라면, 언제 또 이렇게 귀한 시간을 갖을 수 있을지 알 수 없었으니 말이다.

'그 시험이라는 거, 최대한 오래 걸렸으면 좋겠뿍.'

이안이 시험을 치르는 동안 그를 이곳 심연에서 생활할 수 있게 해 준 이는 바로 고룡 드라키시스.

-뿍뿍이, 그대는 '심연의 미궁'에서 때를 기다리도록 하라.

-뿍?

-때가 되면 그대에게도 운명이 찾아갈 것이니라.

뿍뿍이는 자신에게 이 천국(?)을 선물해 준 고룡 할아버지가 너무도 고마웠다.

　-그때는 언제 오냐뿍.
　-그대의 영혼의 주인이, 몇 가지 시험을 무사히 마치면 찾아올 게다.

그가 아니었더라면 뿍뿍이는, 오늘도 이안의 마수 안에서 열심히 노동 중이었을 테니 말이다.

　-부탁이 하나 있뿍.
　-뭔가?
　-그 시험이라는 거……. 최대한 어렵게 내 줘라뿍.
　-흐음, 좋다. 반영하도록 하지.

처음에는 이 행복한 시간이 보름 정도만 돼도 좋겠다고 생각했지만.
원래 뿍뿍이의 욕심이라는 것에는 끝이 없는 법.
거의 반년이 다 되어 가는 지금에 와서는, 일 년도 모자라다고 생각하는 중이었다.
　-오늘도 무사히 넘겼뿍.
옅은 빛줄기가 조금 새어 들어오는 양지 바른(?) 심연 구석에 자리잡은 뿍뿍이는, 언제나 그랬듯 동물적으로 낮잠을 자기 시작하였다.

쿠울—!

이 평화 속에 어떤 재앙(?)이 찾아오고 있는지는 꿈에도 모른 채로, 아주 행복한 표정을 지으며 말이다.

＊＊＊

심연의 미궁은 복잡했다.

'미궁'이라는 단어가 가지고 있는 뜻 그대로 말이다.

"하, 뭐야. 또 막혔어?"

이안은 지금 미궁의 꽤 깊숙한 곳까지 들어와 있었다.

벌써 이안이 통과한 관문의 숫자만 70곳이 넘을 정도.

모든 관문에는 관문 포털을 지키는 관문지기 가디언이 있었으니, 다시 말해 이안은 이미 70번 이상의 전투를 치른 셈이었다.

'대체 여긴 몇 층까지 있는 거야?'

이안의 시선이, 시야 구석에 떠올라 있는 시스템 메시지를 향했다.

—심연의 미궁 36–3층

그리고 저도 모르게 한숨을 푹 쉬었다.

"휴우."

통과한 관문이 70곳이 넘는데, 아직까지 이안이 머물고 있는 충수는 36층.

이렇게 관문과 충수가 차이가 나는 이유는 간단했다.

미궁을 등반하는 것이, '원 웨이'가 아니었던 것이다.

"아까는 그래도 42층까지 갔었던 것 같은데……."

이안이 경험한 이 미궁의 각 층은, 한 층당 4개 정도의 방이 존재했다.

그러니까 지금 이안이 밟고 있는 36층의 경우, 36-1부터 36-4까지 총 4개의 방이 존재한다는 이야기.

그리고 미궁의 모든 방은, 상층과 하층만 이어져 있다.

옆방으로는 갈 수 없는 구조인 것이다.

그래서 36-3이 상층부로 가는 길이 막혔다면 상층부로 가는 길이 열려 있는 다른 36층의 룸을 찾기 위해 아래층부터 다시 뒤져야 한다는 이야기.

정말 말 그대로 미궁이 따로 없었다.

'그나마 다행인 건, 아직까지는 할 만하단 건데…….'

막다른 길을 발견하고는 맥이 빠졌던 이안은 양손을 꾹 쥐었다 폈다.

난이도가 할 만하다는 이야기는 자만이 아니었다. 10층, 20층대의 관문지기들은 정말 하품이 나올 정도로 허약한 가디언들이었으며 30층대인 지금까지도 어렵게 느껴진 관문지기는 없었으니까.

꽤 힘을 빼며 상대한 가디언은 40층대에 위치한 가디언들 정도. 만약 100층까지 존재하는 미궁이며, 층수에 비례해서 계속 난이도가 올라간다고 하면 클리어가 불가능한 수준이라고 느꼈겠지만, 이안은 본능적으로 40~50층 어딘가가 미궁의 끝이라고 느끼고 있었다.

근거는 40층대에서 등장하는 가디언들의 등급이었다.

'40층대에서 벌써 전설 등급의 용종들이 가디언으로 등장하는데, 신화 등급까지 등장할 게 아니라면 50층을 넘기진 않겠지.'

어쨌든 지금 이안이 입장한 미궁은 지상계 200레벨대 필드에 있는 던전이다.

이안은 이 이상의 난이도는 무리라고 생각하며, 꾸기듯 접혀 주머니 속에 들어 있던 미궁 지도를 다시 펼쳐 보았다.

'36-1은 아까 갔었고……. 그럼 36-2 아니면 36-4에 다음 층이 있을 텐데…….'

미궁 지도라고 해도 별건 아니다.

이안이 미궁을 들쑤시고 다니면서 직접 만들어 가고 있는 지도였으니까.

"에스텔."

"네, 주인님."

"2랑 4 중에 숫자 하나만 골라 봐."

"으음…….."

클리어 한 필드와 아직 가 보지 못한 필드를 꼼꼼히 체크해 가며 꾸역꾸역 미궁을 등반하는 이안!

"저는 4가 좋습니다."

"그래? 왜?"

"죽음의 향기가 느껴지는 숫자거든요."

"……."

잠시 당황했지만 그래도 에스텔의 의견(?)을 수용한 이안은 36-4 필드를 향해 이동하기 시작했다.

"좋아. 이쪽으로 가 보자."

그리고 그곳에서…….

띠링-!

　-심연의 가디언을 처치하였습니다.

　-36-4 관문을 통과하였습니다.

　-상층부로 이어지는 포털이 생성됩니다.

"오오!"

놀랍게도 다음 층으로 이어진 길을 찾을 수 있었다.

"에스텔, 이번에는 어디일까?"

"네?"

"1이랑 3이랑 4 중에 숫자 하나만 골라 봐."

"3입니다."

"오호, 이번엔 4가 아니야? 4가 좋다며."

"이번에는 3번에서 죽음의 향기가 느껴집니다."

"응……?"

어차피 에스텔이 아니더라도 미궁의 길 찾기는 운발에 의존해야 했기 때문에, 이안은 별생각 없이 에스텔의 안내를 따라 계속해서 이동하였다.

"이번에는……."

그런데 놀랍게도 에스텔의 길안내는 무척이나 정확하게 이어졌다.

"뭐야, 이번에도 맞았네?"

"운이 좋았나 봅니다."

"너 혹시 여기 길을 알고 있는 것 아냐?"

"그럴 리가요."

"흠……."

"제가 알고 있었다면 알려 드리지 않을 이유가 없지요."

"크흐음……."

이안은 길을 알고 있는 에스텔이 일부러 알려 주지 않는다는 아주 합리적인 의심이 들기 시작했지만, 굳이 그런 얘기를 입 밖으로 꺼내진 않았다.

'일단 지금은 알려 주고 있으니, 괜히 심기를 건드릴 필요

는 없지.'

그런데 이렇게 에스텔의 안내를 따라 일사천리로 관문을 돌파한 끝에…….

"이번에는 44-4가 좋겠어요."

"왠지 그렇게 얘기할 것 같았어."

"……."

이안은 꽤 빠르게 미궁 44-4층까지 도착할 수 있었다.

　－심연의 미궁, 44-4층에 입장하였습니다.

그런데 다음 순간…….

　－'악마의 성'을 발견하였습니다.

이안은 두 눈이 휘둥그레질 수밖에 없었다.

'응? 악마의 성? 이게 무슨 말이지?'

이제껏 미궁의 어떤 방에서도 독자적인 필드명이 등장한 적은 없었다. 그런데 44-4 층에는 '악마의 성'이라는 수식어가 붙어 있었으며…….

　－'심연의 미궁'의 숨겨진 장소를 발견했습니다.

전혀 예상치 못했던 메시지까지도 눈앞에 떠올랐으니까.

카난은 꿈을 꾸었다.

　–'어둠 서리의 심연'에 그 누구도 접근치 못하게 하라.
　–심연 속에 잠들어 있는 '진실'을 끝까지 지켜 내도록
하라.
　–오직 그것만이 너의 사명.
　–그 대가로 너에게 나의 사도가 될 자격을 주겠노라.
　–너의 '격'은 이제부터 '노블레스'다.

　그것은 아주 오래 전부터, 수십, 수백 번도 넘게 꿨던 똑
같은 내용의 꿈이었다.

　–지고하신 벨라딘이시여. 그 '진실'이라는 것은 제가 언
제까지 지켜 내야 하는 건가요?
　–너의 역량이 다할 때까지.
　–……!
　–그때까지만 지켜 낼 수 있으면 된다. 나의 사도여.
　–내가 네게 내린 힘이 다하는 날이 온다면, 그때 너의

사명은 끝난 것이니라.

한낱 평범한 뱀파이어에 불과했던 자신에게 강력한 힘을
선물해 주었던 마신 밸라딘과의 계약.
그 악마의 계약이 이행되었던, 바로 그날의 꿈.

　-카난, 이제부터 너는 나의 사도가 되었노라.

'또 이 꿈인가.'
심연 속에 잠들어 있던 카난은, 매번 같은 꿈속의 내용에
눈살을 찌푸렸다.
'이제 곧 깨어나겠지.'
그런데 오늘은 그 꿈의 내용이 조금 더 길게 이어지고 있
었다.
'음......?'
원래 같았으면 서서히 깨어났어야 할 꿈.
그 속의 세상은 깨어지지 않았으며.
스하아아-!
이어진 또 다른 꿈 또한, 카난의 기억속에 너무 깊숙이 자
리하고 있던 것이었다.
'이건......'
이어진 그 꿈의 내용은 바로 그녀가 악마의 제단에서 해방

되던 그날의 내용.

　－카난, 그대는 지금 날 거역할 수 있나?

　그 때문에 이어진 이 꿈속에서, 카난은 더욱 복잡 미묘한 감정이 들 수밖에 없었다.

　－우리 뱀파이어는 이제 마족의 일부가 된 지 오래예요. 에스텔.
　－그래서?
　－당신은 과거의 영광과 기억에 사로잡혀 현실을 직시하지 못하고 있어요.
　－그런가?

　밸라딘과의 계약만큼이나 그녀에게 충격적으로 기억되었던 바로 그날의 꿈.
　'그렇긴 하지만…….'
　이날이 꿈에서 나타난 것은 처음이었기에.
　카난은 심란한 심정이 될 수밖에 없었던 것이다.
　그녀는 에스텔과의 만남을, 항상 기억하지 않으려 노력해 왔다.

-아직 진명(眞名)조차 얻지 못한 당신이 내 혈기를 이겨 낼 수 있다고 생각하는 건가요?

-…….

-대답해 보세요, 에스텔.

-어쩌면 네 말대로 우리 일족의 대부분은 마족의 일부가 되어 버렸을지도 몰라, 카난.

'대체 갑자기 이런 꿈을 꾸는 이유가 뭐지?'

에스텔을 만났던 그날의 충격은, 사실 카난에게 생각보다 커다란 것이었다.

마신의 힘을 빌려 싸웠음에도 진명조차 얻지 못한 어린 뱀파이어에게 패퇴했다는 사실은, 다른 모든 상황을 떠나서 너무도 치욕스러운 것이었으니까.

-하지만 '순혈'이 존재하는 한, 우리 일족은 언제고 다시 과거의 영광을 찾을 수 있어.

-그리고 나 에스텔이, 지금 이 자리에 존재하고 있지.

그래서 사실 지금 카난이 깊은 심연 속에 숨어 있던 이유도 산산이 부서진 자존감을 회복하기 위한 것이었다.

마신으로부터의 속박에서 벗어나 자유를 얻었음에도 불구하고.

곧바로 중간계로 돌아가지 않고 스스로 심연 속에 몸을 담고 있던 이유가 바로 여기에 있었던 것이다.

　－봉인이 해제되었습니다.
　－'마신의 굴레'로부터 자유로워집니다.
　－혈기 안에 내재되어 있던 마신의 권능이 천천히 흩어지기 시작합니다.

　고오오오－!
　악마의 제단에서 튕겨져 나가던 그 혼란스럽던 기분을 다시 느끼며, 카난은 천천히 눈을 뜨기 시작하였다.
　'여기까진가?'
　꿈속의 세상이 깨지며 천천히 잠에서 깨어난 것이다.
　"으음……."
　그리고 잠에서 깨어난 바로 그 순간, 카난은 갑자기 이러한 꿈을 꾸게 된 이유를 곧바로 깨달을 수 있었다.
　"이 기운은……?"
　분명히 잠에서는 완전히 깨어났건만.
　꿈속에서 그녀의 피부로 강하게 느끼고 있던 그 강렬한 어둠의 기운이 그대로 느껴지고 있었으니까.
　스하아아아－!
　오직 '순혈'만이 품을 수 있는, 정순하고도 범접할 수 없는…… 강렬한 피의 기운.

혈기(血氣).

"오랜만이야, 카난."

그리고 방금 전까지도 꿈속에서 마주하고 있던, 그녀를 좌절감에 빠뜨리게 만들었던 '그 존재'의 목소리.

"그대는……!"

"이곳에 있을 줄 알았어."

"그걸 어떻게…….."

"악마의 성."

"……!"

"이곳이라면 그대가 영혼의 안식을 얻을 수 있을 테니까."

그녀를 깊은 잠에서 깨운 존재가, 바로 여왕 에스텔이었으니 말이었다.

　　　　　　　　　※※

이안은 도무지 지금의 상황을 이해할 수 없었다.

심연의 미궁 44-4층을 지키고 있던 가디언.

그녀가 무척이나 낯익은 존재였으니 말이었다.

'저 뱀파이어가 대체 왜 여기 있는 거야?'

눈앞에 가디언, '사도 카난'은, '악마의 제단' 퀘스트 때 마주했던 바로 그 뱀파이어였다.

하지만 이안이 아무리 머리를 굴려 보아도 지금 자신이 진행 중인 신화 퀘스트와 이 사도 카난이라는 뱀파이어는 아무런 연관도 없는 존재였다.

　　그렇다고 사도 카난이 이 '심연의 미궁'과 어떤 연결점이 있는 NPC도 아니었고 말이다.

　　'젠장.'

　　하지만 이안이 당황한 가장 큰 이유는 단순히 생각지 못했던 존재가 등장했기 때문만이 아니었다.

　　'그러니까 지금…… 저걸 잡으라는 거지?'

　　사도 카난은 물론 이안이 한번 상대했고 승리했던 상대였지만.

　　그때와 지금은 상황이 완전히 달랐으니 말이다.

　　'신력도 쓸 수 없는 상태로……?'

　　하지만 이안에게 선택권은 없었다.

　　띠링-!

　　-44-4층, '악마의 성' 관문의 시험이 시작됩니다.

　　일단 방 안으로 입장한 이상, 관문의 시험을 피할 방법은 어디에도 없었으니까.

악마와의 재회

-사도 카난 : Lv. 250

　전투에 들어서자마자 이안이 가장 먼저 확인한 것은 다름
아닌 카난의 레벨이었다.

　혹시 악마의 제단에서 봤던 레벨보다 높게 보정되어 있지
는 않은지 확인해 본 것이다.

　'다행히 변동은 없네.'

　카일란의 세계관 개연성상.

　중간자의 위격을 지닌 악마 카난의 지상계 레벨은 그녀
의 힘이 봉인된 정도에 따라서 얼마든지 달라질 수 있는 수
치다.

게다가 악마의 제단 봉인이 풀렸다는 개연성까지 더해진 다면, 충분히 300레벨 이상으로 상향 조정될 수도 있는 것.

만약 그랬더라면…….

'끔찍하군.'

아무리 이안이라 하더라도 관문 돌파를 포기했을지도 몰 랐다.

관문 돌파를 포기한다면, 1층으로 추방당할지언정 죽음은 면할 수 있었으니까.

'하지만 250레벨이라면…….'

43층의 관문 보스에 비해 난이도가 확 올라갔지만, 집중해 서 실수 없이 전투한다면, 어떻게든 비벼 볼 수 있을 수준이 라고 생각했다.

그러니까 최대한 긴장해서 싸워야겠다고 생각했다.

전투가 시작되기 전까지만 해도.

아니, 갑자기 에스텔이 앞으로 나서기 전까지만 해도.

이안은 분명히 그렇게 생각하고 있었다.

"오랜만이야, 카난."

"그대는……!"

"이곳에 있을 줄 알았어."

"그걸 어떻게…….”

"악마의 성."

"……!"

"이곳이라면 그대가 영혼의 안식을 얻을 수 있을 테니까."

갑자기 두 뱀파이어가 대화를 시작하자, 이안은 기묘한 표정이 되었다.

'뭐야, 이 상황?'

둘의 대화가 전혀 이해되지 않았지만, 문득 이곳으로 오게 된 게 단순한 우연이 아닐지도 모른다는 생각이 들었으니 말이다.

'그러고 보면, 에스텔이 길을 안내해 준 거나 다름없는데…….'

그리고 이 만남이 우연이 아닌 필연이라고 가정한다면, 이안은 에스텔의 의도가 궁금했다.

'그렇다면 에스텔은 왜 카난을 찾아온 걸까?'

모르긴 몰라도, 에스텔과 카난의 인연이 악연에 가깝다는 것만큼은 확실했으니까.

악마의 제단에서 추방당하던 그날, 에스텔을 응시하던 카난의 두 눈동자는 분명히 분노로 가득 차 있었다.

"그걸 알면서, 꼭 나의 안식을 방해해야만 했나요?"

하지만 두 뱀파이어는, 이안의 의문점을 쉽게 풀어 주지 않았다.

"이런 기회가 쉽게 오는 건 아니니까?"

오히려 이안의 머릿속을 더욱 아리송하게 만들 뿐.

"당신이 날 왜 찾아왔는지는 알아요."

"안다면…… 피차 힘 빼지 말고 순응하는 건 어때?"

"글쎄요. 그러고 싶지 않다면요?"

"아직 정신을 못 차렸나 보네."

대신 이안의 궁금증을 풀어 준 것은…….

"내가 그때와 같을 거라고 생각하나 보죠?"

"그럼, 특별히 달라진 거라도 있을까."

두 뱀파이어의 대화가 끝난 직후, 이안의 눈앞에 떠오른 추가적인 시스템 메시지였다.

띠링-!

　-조건이 충족되었습니다.

　-소환수 '진조 에스텔'의 숨겨진 고유 능력 '여왕의 권능'이 발동됩니다.

　-소환수 '진조 에스텔'이 뱀파이어 '카난'을 자신의 '사도'로 복속시키고자 합니다.

"음……?"

　-진조 에스텔이 '복속'에 성공할 시, '사도 카난'은 여왕 에스텔의 사도가 됩니다.

　-고유 능력 발동을 허락하시겠습니까? (Y/N)

전혀 생각지도 못했던 시스템 메시지에 이안은 적잖이 당황했지만, 그것과 별개로 상황은 곧바로 이해할 수 있었다.

'오호.'

때문에 이안은 망설일 이유가 없었다.

"당연히 허락하지."

어찌됐든 에스텔은 자신의 소환수.

　-고유 능력의 발동을 허락하셨습니다.

저 강력한 사도 카난이 에스텔에게 복속된다면 어떤 경우에도 이안에게 나쁘게 작용할 일은 없을 테니 말이다.

'뭐지. 갑자기 꿀 냄새가 솔솔 진동하는데.'

하지만 시스템 메시지는 거기서 끝이 아니었다.

　-'사도 카난'이 '여왕의 권능'에 불응하였습니다.

'불응? 그런 것도 가능해?'

　-조건이 충족되었습니다.
　-'피의 전투'가 시작됩니다.

'피의 전투……? 이건 또 뭔데.'

다시 혼란에 빠진 이안의 눈앞에, 시뻘건 회오리가 휘몰아
치기 시작하였다.

　스하아아―!

　그리고 다음 순간.

　"굳이 나를 한 번 더 시험해야겠다면……."

　에스텔과 카난의 주변으로, 마치 투명한 결계 같은 장막이
둥그렇게 솟아올랐다.

　―'피의 전투'에는 외부인이 개입할 수 없습니다.

　―'피의 전투'가 끝날 때까지, 일시적으로 '심연의 미궁 44-4층'
의 관문 전투가 중단됩니다.

　LB사의 기획실에 있는 작은 회의실.

　최근 이곳의 단골손님이 된 두 사람이, 따뜻한 커피를 한
잔씩 탁자에 놓은 채 침묵을 지키고 있었다.

　째깍― 째깍―!

　항상 이곳에서 만나면 입에 침까지 튀어 가며 대화를 하던
두 선후배는, 어쩐 일인지 오늘은 아무 말 없이 각자 생각에
잠겨 있었다.

　물론 두 사람이 처음부터 이렇게 침묵만 하고 있었던 것은

아니었지만 말이다.

"흠."

커피를 한 모금 홀짝인 나지찬이 한차례 헛기침을 하며 의자에 기대었던 허리를 세웠다.

그러자 마주 앉아 있던 이준이, 침묵을 깨고 먼저 입을 열었다.

"그러니까 결론은…… 서버가 세 개나 추가로 열린다는 거죠?"

"여러 번 말하게 할래?"

"하, 아무리 생각해도 이건 너무 무리수인 것 같은데요."

"내 말이."

그리고 한번 침묵이 깨지자, 두 사람의 대화는 쉼 없이 이어지기 시작하였다.

"새 팀이야 꾸리면 되겠지만, 저는 이제 어떡합니까?"

"뭘 어떡해?"

"새 서버는 전부 베리타스 세계관일 것 아닙니까."

"당연하지."

"그럼 새로 생길 기획 팀 세 곳은, 콘텐츠 기획 인력은 배제될 거잖아요."

"오, 벌써 거기까지 생각했어?"

"하……. 그럼 사실상 제가 세 팀을 더 관리해야 되는 거잖아요."

"당연하지. QA나 운영 인력이야 어떻게 충당한다 하더라도, 메인 기획 인력은 진짜 귀한 거 알잖아."

"……."

오늘 두 사람이 회의실에 모인 이유는, 김인천 본부장으로부터 내려온 청천벽력 같은 소식 때문이었다.

베리타스 세계관의 서버를 동시에 세 개나 오픈할 예정이라는, 거의 통보나 다름없는 이야기.

"선배."

"뭐."

"전 이제 퇴근 못 해요?"

"어…… 글쎄, 할 수 있을지도……?"

이 프로젝트의 중추가 될 수밖에 없는 자리에 있는 7팀의 팀장 이준은, 나지찬이 가장 먼저 만날 수밖에 없는 인물이었으니까.

"심지어 '못 할지도'가 아니라 '할 수 있을지도'인…… 겁니까?"

"우리 쭌이, 왜 자꾸 다 알면서 계속 물어보는 거냐, 마음 아프게."

"마음 아픈 거 맞아요?"

"맞아."

"신난 것 같은데."

"아니야."

"근데 왜 웃고 있어요."

"아무튼 아니야."

"하……."

베리타스의 세계관을 공유하는 신규 서버들은 당연히 모든 퀘스트와 기획 데이터베이스를 베리타스 서버와 공유하게 된다.

그리고 그 모든 기획은 이준을 통해서 완성된 데이터들.

그러니까 새로운 서버를 세팅하는 모든 과정이, 전부 이준의 일거리라고 해도 과언이 아닌 것이다.

"흐어……."

그냥 베리타스의 데이터를 복사해서 붙여 넣기를 하면 좋겠지만, 그럴 수도 없다.

아무리 세계관이 같다고 하더라도, 그 세계관 내에 존재하는 NPC들과 디테일한 서브 퀘스트들은 전부 조금씩 달라야 했으니 말이다.

그래서 이준은 우울했다.

"너무 그렇게 울상 짓지 마라."

"안 그러게 생겼습니까……?"

"어차피 언젠가는 이럴 줄 알았잖아?"

"그야 그렇죠."

"하지만 이렇게 빨리, 그것도 서버 세 개를 오픈할 줄은 몰랐지?"

"당연하죠!"

"나도 그래."

이 사태에 대한 대응도 대응이지만, 두 사람은 갑자기 서버를 오픈하는 이유가 궁금했다.

"……대체 왜 이러는 걸까요?"

오죽 이해가 안 됐으면, 회사의 매출 저하가 원인이 아닐까 하는 생각도 잠시 해봤다.

"글쎄…… 회사에 돈이라도 떨어졌나?"

"그 무슨 말도 안 되는 말씀을……!"

하지만 이거야말로 가장 말도 안 되는 가정이었다.

현 시점 LB사는 지구상에 존재하는 그 어떤 게임사보다도 압도적으로 매출이 좋은 회사였으며.

카일란이라는 게임이 여타 게임들처럼 서버를 찍어 낸다고 매출이 크게 오르는 구조를 가지고 있지도 않았으니 말이다.

'물론 오픈하고 한 달 정도는 매출 펌핑이 있긴 하겠지만…….'

베리타스 세계관을 바탕으로 한 서버 증설은, 나지찬의 말처럼 예정되어 있던 계획이긴 했다.

카일란의 세계관 설정이 원래 그랬으며, 베리타스를 처음 기획, 개발할 때부터 염두에 두었던 계획이었으니까.

'하지만 그러자고 콘텐츠를 이렇게 소모시키는 건 말도 안

되지.'

하지만 서버 증설이라는 빅 이벤트는, 게임 수명을 한 번씩 늘려 줄 때 사용할 수 있는 강력한 카드.

그런 무기를 지금 소모해 버리는 것은, 여러 모로 게임사에 손해일 수밖에 없는 것이다.

이런 빅 이벤트가 없어도, 카일란은 여전히 전성기를 구가 중이었으니 말이다.

"이해가 안 됩니다."

"절대로 네가 받게 될 고통 때문에 그렇게 생각한 건 아니지?"

"제가 할 말을 왜 뺏어서 합니까?"

"그냥 재밌잖아."

다시 커피를 한 모금 홀짝인 나지찬은, 탁자에 올려 두었던 과자 봉지를 찢더니 감자 칩을 입에 털어 넣었다.

와그작-!

커피와 감자 칩이 대체 무슨 조합인지 알 수 없었지만, 항상 이 조합이야말로 최고라고 주장하는 나지찬이었다.

"암튼 이번 주 내로 명단 뽑아야 되니까, 나 좀 도와주라, 쭈니."

"휴…… 알겠슴다."

"왜 그렇게 힘이 없어?"

"그런 거 아닙니다……."

"불만 가득한 표정인데."

"제가 무슨 힘이 있겠습니까? 까라면 까야죠, 흑흑……!"

다 죽어 가는 표정이 된 이준을 보며 실소를 흘린 나지찬.

이준에게 심심한 위로를 보낸 그는 이윽고 자리에서 일어나며 이준의 어깨를 툭툭 두들겼다.

"너무 낙심하지 마라, 준아."

"네……."

"어차피 나도 한배를 탈 것 같으니까."

"넵? 그건 무슨 말씀이십니까?"

나지찬의 마지막 한마디에, 다 죽어가던 이준의 눈동자에 생기가 돌기 시작했다.

"무슨 말이기는……. 그게 아니면 왜 내가 이 얘길 가장 먼저 들었겠냐?"

"……!"

갑자기 초롱초롱해진 이준의 눈을 보며, 나지찬이 한 번 더 피식 웃었다.

"프로젝트 총책임자가 나야."

"오……!"

"왜 그렇게 좋아하는데?"

"선배랑 같이하면 조금이나마 일이 수월해질 거 아닙니까?"

"그래 봐야 야근할 때 덜 심심한 정도겠지, 뭐."

"……."

이준과의 대화를 마친 나지찬은 휘휘 걸음을 옮겨 회의실을 나섰다.

"그럼, 일단 오늘은 퇴근한다."

"옙! 살펴 가십쇼, 선배님!"

하지만 기획실 복도를 걸어 나서는 나지찬의 표정은, 더 이상 이준과 대화할 때의 그 장난기 어린 표정이 아니었다.

'일단 준이한테 전달은 다 했으니…….'

날카로운 표정이 된 나지찬은 또다시 어디론가 향하기 시작하였다.

'이게 어떻게 된 건지, 최대한 빨리 알아봐야겠어.'

이준에게는 퇴근한다고 말했지만, 나지찬의 걸음이 향하는 방향은 회사의 출입구가 아니었다.

⁂

처음에는 꿀인 줄 알았다.

'여왕의 권능'이라는 고유 능력의 발동과 함께 '피의 전투'가 시작될 때까지만 하더라도.

이안은 솔직히 이렇게 생각하고 있었다.

'이번 관문은 공짜로 클리어하겠군. 게다가 에스텔만큼 강력한 뱀파이어 소환수를 하나 더 얻을 수도 있을 것 같고.'

이안의 그러한 행복 회로는, 사실 너무도 당연한 것이었다.

'피의 전투'가 에스텔의 승리로 끝나기만 한다면, 44-4층의 가디언 역할을 하고 있던 '사도 카난'은 개연성상 길을 열어 줄 수밖에 없는 구조였으니까.

"에스텔, 지는 건 아니겠지?"

"……."

"뭐야, 설마 자신이 없는 거야?"

"아무리 주인님의 말씀이라도 대답할 가치가 없는 질문에는 대답하지 않습니다."

"……."

그리고 에스텔은 이 피의 전투에서 이안이 기대했던 것 이상으로 강력한 위용을 보여 주었다.

−'사도 카난'이 고유 능력 '악마화'를 발동합니다.

−사도 카난이 입는 모든 물리 피해가 50%만큼 감소합니다.

−이제부터 '사도 카난'은 행동 불능 상태가 될 시 모든 상태 이상을 회복하고 움직임이 40%만큼 빨라집니다.

−'사도 카난'의 물리 공격력과 최대 생명력이 1.5배만큼 증가합니다.

……중략……

−'사도 카난'이 고유 능력 '멸망의 손아귀'를 발동합니다.

−'사도 카난'이 고유 능력 '악마의 손톱'을 발동합니다.

......후략......

이미 한 번 경험했지만, 중간자의 위격을 가졌을 정도인 사도 카난의 전투 능력은 어마어마한 수준이다.

가지고 있는 고유 능력 하나하나가 에스텔과 비교해도 부족하지 않을 정도였으며.

무지막지한 스텟 자체는 현 시점에서 에스텔보다 오히려 뛰어날 정도였으니까.

하지만.

-'진조 에스텔'의 고유 능력, '불로불사의 힘'이 발동합니다.

-'진조 에스텔'이 고유 능력, '여왕 군림'을 발동합니다.

에스텔은 모든 뱀파이어들의 유일무이한 여왕.

카일란의 세계관에 오직 둘뿐인 완전무결한 순혈의 뱀파이어!

-'진조 에스텔'이 '사도 카난'에게 치명적인 피해를 입혔습니다!

-'불로불사의 힘'이 발동합니다.

-'진조 에스텔'의 생명력이 회복됩니다.

-'진조 에스텔'의 최대 생명력이 증가하였습니다.

-'진조 에스텔'의 최대 생명력이 증가하였습니다.

……후략……

사도 카난이 아무리 강력하다 한들, 둘의 싸움은 상성이 너무 좋지 않았다.

"캬아아악……!"

모든 뱀파이어의 여왕인 진조 에스텔의 고유 능력들은 '혈기'를 기반으로 하는 공격에 면역력이 상당히 강했고.

그래서 결국 사도 카난은…….

"결국…… 여왕을 넘을 수는 없는 것인가……."

'진명'까지 얻은 에스텔에게 패배할 수밖에 없었으니까.

"그 어떤 뱀파이어도 '피의 전투'를 거역할 수는 없다. 알고 있겠지?"

"물론……입니다, 여왕이시여."

"그렇다면…… 피의 맹약을 시작하겠다."

"……."

우우우웅-!

"이로써 그대는 나의 첫 번째 권속이 되었군."

띠링-!

―소환수 '진조 에스텔'의 고유 능력, '여왕의 권능'이 성공적으로 발현되었습니다.

―소환수 '진조 에스텔'이, 뱀파이어 '사도 카난'과 피의 계약을

완성하였습니다.

　-'사도 카난'이 '진조 에스텔'의 권속이 되었습니다.

　-이제부터 '진조 에스텔'을 통해. '사도 카난'에게 명령을 내릴 수 있습니다.

　그래서 이렇게 예상대로 흘러가는 상황을 보며 행복한 표정이 된 이안은, 헤벌쭉 웃을 수밖에 없었다.

　'크……! 역시 에스텔!'

　상성 때문에 에스텔에게 패배했을 뿐, 물리적인 전투력 자체는 오히려 에스텔보다 강력한 수준인 카난!

　그런 소환수를 날로 먹게 되었는데, 아무리 이안이라 해도 행복하지 않을 수는 없는 것이었다.

　"에스텔."

　"예, 주인님."

　음흉한 표정이 된 이안이 확인 차 에스텔에게 다시 물어보았다.

　"너는 내 거야. 그렇지?"

　잘 모르는 사람이 들었더라면 소름이 돋을 만한(?) 이안의 대사에, 표정 하나 바뀌지 않고 대답하는 에스텔.

　"그렇습니다."

　그에 이안이 흡족한 표정으로 카난과 에스텔을 한 번씩 번갈아 응시하였다.

"그리고 쟤는 이제 네 거야. 맞아?"

"맞습니다."

이안이 '쟤'라고 한 대상은, 당연히 사도 카난을 말하는 것.

그러니까 이안이 하고 싶었던 말은…… 역시 정해져 있었다.

"너는 내거고 쟤는 네 거니까……. 그럼 쟤는 곧 내 것도 되는 거네? 그렇지?"

나름 논리적인 이안의 삼단논법에 에스텔은 잠시 말문이 막혔다.

일견 맞는 말 같으면서도, 알 수 없는 위화감이 들었던 것.

"……."

하지만 착한 에스텔은 곧 천천히 고개를 끄덕였다.

"그……렇다고 할 수 있겠죠."

듣고 싶었던 대답을 결국 얻어 낸 이안은, 더욱 만족스러운 표정이 되었음은 물론이고 말이다.

"흐흐, 좋아. 아주 훌륭해."

그런데 이렇게 행복 회로에 뇌가 절여져 있던(?) 이안은, 문득 불길한 생각이 들기 시작했다.

'크크, 에스텔 덕분에 전설 등급 소환수를 거의 날로 먹었네.'

이제는 거의 카일란과 한 몸이 된 이안의 본능이 갑자기 경종을 울리기 시작한 것이다.

'근데, 이래도 되나……?'

갑자기 이안의 얼굴이 조금 심각해졌다.

'이거 갑자기 왜 불안하지?'

생각해 보면 단 하나의 변수도 없이 너무 순조롭게 풀린 상황.

'그러고 보면 여기까지 길 안내도 전부 에스텔이 했고……. 심지어 카난과 전투까지 에스텔이 혼자 다 했어.'

물론 이안은 카일란을 플레이하면서 NPC 버스를 탄 적이 한두 번이 아니다.

NPC를 잘 활용하는 것 또한 랭커가 되기 위한 필수 덕목 중 하나였으니까.

하지만 그렇다고 해도, 완전히 공짜 버스를 타는 경우는 단 한 번도 없었다.

승객으로서 최소한의 운임비 정도는 어떤 방식으로든 지불했던 것이다.

'공짜로 삼킨 음식은 항상 배탈이 나는 법인데……'

그리고 언제나 그랬듯 그런 불안한 예상은 틀리지 않는 법.

"그런데 에스텔."

"네, 주인님."

"왜 관문 클리어 메시지가 안 뜨지……?"

이안의 그 질문에 대답한 것은, 에스텔이 아닌 카난이었고…….

"그야 관문의 시험을 통과한 것은 이안 님이 아니시기 때문입니다."

"응……?"

그와 동시에 이안의 눈앞에 불길함의 근원이 시스템 메시지로 떠올랐다.

띠링-!

─심연의 미궁 44-4층. '악마의 성' 관문의 시험에 0%만큼 기여하셨습니다.

"아니, 그런 게 어디 있어!"

─조건이 충족되지 않았습니다.

"에스텔은 내 소환수인데!"

─심연의 미궁 44-4층의 관문 클리어를 실패하셨습니다.

"……!"

시스템 메시지를 확인한 이안은 혼란스러웠다.

'잠깐, 이러면 어떻게 되는 거지?'

기여도가 대체 왜 0%라는 건지는 알 수 없었지만.

그래서 클리어 판정이 나오지 않았지만.

그래, 여기까지는 그렇다 치자.

'관문지기 가디언이 이제 내 편인데……?'

그런데 실패라니?

"설마 1층부터 다시…… 뭐, 이런 헛소리를 지껄이는 건 아니겠지?"

기여도와 별개로 어쨌든 클리어에 실패한 것도 아니었으니, 실패라는 건 말이 안 된다.

만약 1층으로 추방당한다면…….

이안은 게이머 인생 처음으로 LB사 본사에 전화를 걸어 볼 용의도 있었다.

'이건 분명 버그야. 이럴 수는 없다고!'

최소한 44-4층에 재도전할 기회를 줘야 하는 것이 최소한의 인륜적인 처사인 것이다.

'관문지기를 에스텔이 권속으로 삼아 버렸으니. 그것 때문에 버그가 생긴 게 분명해.'

만약 버그임이 확인된다면 LB사로부터 보상까지 톡톡히 뜯어내야겠다고 다짐하며, 다음 시스템 메시지를 기다리는 이안.

'보상으로는 최소 신성 장비 한 세트는 뜯어내겠어. 내가 여기까지 온다고 고생한 게 얼만데!'

하지만 아쉬워야 할 상황인지 다행인 상황인지.

─심연의 미궁 44-4층 관문의 시험이 재설정됩니다.

지금의 상황은 이안의 생각과 다르게 전혀 버그가 아니었
다.

"재설정……?"

다만, 너무나 슬픈 하나의 사실은…….

"저는 이제 에스텔 님의 권속이 되었습니다."

"그런데?"

"미궁 가디언으로서의 직책을 잃어버렸죠."

"그럼 어떻게 되는 거야?"

1층부터 다시 클리어해야 하는 상황만큼이나 하드 코어한
시련이 이안의 앞에 나타났다는 것이었다.

"이제 새로운 가디언이 소환될 거예요."

"새로운 가디언……?"

"어쩌면 이곳 악마의 성…… 성주님께서 직접 이안 님을
시험하시게 될지도…….."

카난의 말이 끝나기가 무섭게, 새로운 시스템 메시지들이
주르륵 떠오르기 시작한다.

띠링─!

-조건이 충족되었습니다.
  -'악마의 성' 히든 퀘스트가 발동합니다.

'히든 퀘스트? 이거 좋아해야 하는 거 맞지?'

  -거부할 수 없는 퀘스트입니다.
  -'악마의 성주 쥬르디의 분노(히든)(돌발)' 퀘스트를 수령하셨습
니다.

그리고 이안의 앞에 나타난 존재는…….
"아주…… 아주! 아주! 귀찮은 일이 생겼군."
거대한 두 개의 뿔을 가진, 우락부락한 외모의 마왕이었
다.

❋

뿍- 뿌뿍-!
안락하고 포근한 심연 속에서, 뿍뿍이는 오늘도 늘어지게
낮잠을 잤다.
"뿍. 나른하다뿍. 배고프다뿍."
몇 시간을 잤는지 며칠을 잤는지.
아직도 잠에 취해 비몽사몽중인 뿍뿍이는, 일단 어기적어

기적 걸음을 옮기기 시작하였다.

뿍– 뿍– 뿌뿍–!

눈뜨자마자 항상 뿍뿍이가 가장 먼저 하는 일은 심연 곳곳에 자라 있는 심연초(深淵草)를 뜯어 먹는 일.

아작– 아그작–!

한 번 자면 기본 12시간 정도는 눈을 뜨지 않다 보니, 일어나면 곧바로 배가 고플 수밖에 없었고.

"역시 심연초는 맛있뿍. 조금 질리는 것 같기도 하지만……."

아그작– 뿍–!

아그작– 뿌뿍–!

그래서 배가 불룩해질 때까지 심연초를 뜯어 먹고 나면, 다시 바닥에 벌러덩 드러누워 버리는 것이 뿍뿍이의 변치 않는 생활 패턴이었다.

"흐암…… 배부르다뿍. 잠깐 쉬어야겠뿍."

미궁의 통로 구석에 등껍질을 기댄 채 늘어진 뿍뿍이는, 불룩해진 똥배를 자랑하며 다시 꾸벅꾸벅 졸기 시작했다.

그야말로 동물적이고, 또 아주 원초적인.

그런 생활 패턴이 아니라고 할 수 없었다.

후르륵–!

입가에서 흘러내리던 침을 후르륵 빨아들이며 화들짝 놀란 뿍뿍이는, 그제야 제대로 잠에서 깬 것인지 눈을 부비며

일어섰다.

이어서 골똘한 표정이 된 뿍뿍이는, 작은 목소리로 중얼거리기 시작하였다.

"심심하다뿍. 오늘은 어디에 놀러갈까뿍."

심연의 미궁 안에서 뿍뿍이의 일과 대부분은 빈둥거리는 것이었지만, 그래도 뿍뿍이가 정말 먹고 자는 것만 하는 것은 아니었다.

뿍뿍이도 심심할 때는 당연히 있었고, 그럴 때마다 미궁에 거주하는 이웃들의 방에 놀러 다니는 게 뿍뿍이의 낙이었던 것이다.

뿍뿍이는 관문지기가 아니었기 때문에 각자의 방에 묶여 있는 이웃들과 달리 내키는 대로 미궁 안을 돌아다닐 수 있었다.

"그래. 좋았뿍. 오늘은 쥬르디 아저씨네 놀러가야겠뿍."

사나운 외모와 달리 순박한 이웃을 하나 떠올린 뿍뿍이는, 무거운 엉덩이를 씰룩거리며 걸음을 옮기기 시작하였다.

뿍― 뿍― 뿍―!

쥬르디는 뿍뿍이처럼 이 미궁 안에서 몇 안 되는 관문지기가 아닌 거주민.

관문지기들은 각자의 관문에 묶여 있어 뿍뿍이와 놀아 주기 힘들기 때문에, 쥬르디는 뿍뿍이가 자주 찾는 이웃 중 한 명이라고 할 수 있었다.

위이잉-!

한 치의 망설임도 없는 걸음걸이로 포털을 타고 이동하며, 순식간에 쥬르디가 거주하는 44층을 향해 이동하는 뿍뿍이!

그런데 잠시 후 목적지에 도착한 뿍뿍이는 두 눈이 휘둥그레질 수밖에 없었다.

⁂

베리타스의 역사는 길다.

그리고 그 긴 역사 속에서, 태초부터 존재했던 곳이 바로 심연의 미궁이었다.

그 증거로.

베리타스의 오래된 고서들에서 종종 심연의 미궁에 대한 기록이 발견되곤 했다.

아래의 문서와 같은.

어느 날, 천궁의 내무대신이 궁주에게 고하였다.

"궁주님, 과중한 업무로 인해 수행자들의 원성이 말이 아니옵니다."

그러자 궁주가 되물었다.

"과중한 업무라……. 그 원인이 무어라 생각하는가?"

"아무래도 지상계와의 소통 문제가 가장 큰 것 같습니다."

"소통이라 함은?"

"'중간자'들은 자력으로 차원을 넘을 수 없지 않습니까?"

"그렇지."

"하여 지상계와 소통하기 위해서는 항상 '신탁'의 힘을 빌려야만 하는데, 그것이 문제가 되는 것 같습니다."

카일란의 세계관에서 '신탁'이란 '신'이 내리는 전언이다.

하지만 그렇다고 해서 모든 신탁을 신이 직접 내리는 것은 아니다.

결국 신탁이란 신의 뜻이 전해지기 위한 수단일 뿐.

때문에 대부분의 신탁은 지상계를 경영하기 위해서, 신의 허락하에 그의 수행자인 중간자들이 내리는 경우가 많았다.

"흠, 신탁을 통하지 않고도 지상계와 소통할 수 있는 길이 필요하다?"

하지만 절대적인 위계을 가진 '신'이라는 존재들은 제멋대로인 경우가 많아서 항상 수행자들에게 협조적인 것은 아니었다.

갑자기 내키는 대로 잠수를 타기도 하고, 복잡한 일이 생기면 나 몰라라 해 버리는 경우도 있었으니.

실질적으로 지상계를 다스려 위계을 쌓아야 하는 수행자들이 골머리를 앓는 경우가 비일비재했던 것이다.

신탁을 통하지 않으면 일을 할 수 없는데, 신이 잠수(?)를 타버리게 되니.

몇몇 지랄맞은 신들을 모시는 수행자들은 스트레스가 이만 저만이 아니었던 것.

"이곳 천궁이 신계와 중간계의 창구 역할을 하는 것처럼, 중 간계와 지상계가 소통할 수 있는 공간도 필요합니다, 궁주 님."

"흐음, 일리가 있군."

"만약 그러한 공간이 생긴다면, 수행자들에게도 신들에게도 서로 좋은 일이 될 것입니다."

천궁의 궁주는 신이다.

신들 중에서도 꽤 높은 위계를 가진 신.

하여 그의 권능은 전능하였고, 그의 권능 중에는 '창조'의 권능도 포함되어 있었다.

"그대의 의견에 동의하는 바이다, 내무 대신."

"감사합니다, 궁주님."

"하나 나의 권능으로도 하나의 차원을 창조하는 것은 부담 이 되는 일."

"그럼……."

"하나의 완전한 차원계를 창조하는 것은 어렵고 또 위험한 일이니, 이곳 천궁과 지상계를 오갈 수 있는 통로를 만들어 주 겠노라."

"……!"

"다만 차원과 차원을 통하는 통로를 아무나 지나게 하는 것은 안 될 일."

"그렇습니다, 궁주님."

"가디언들로 하여금 그곳을 지키게 하여, '자격'을 얻은 존재만이 이 통로를 통과할 수 있도록 하겠다."

"좋은 생각이십니다!"

그리하여 천궁의 궁주가 가진 권능으로 창조된 특별한 공간이 '심연의 미궁'이었다.

하나의 차원계로 독립되어 존재할 수는 없는 불완전한 공간이었지만, 그의 관할 안에 있는 모든 지상계와 천궁 사이의 연결 고리 역할을 할 수 있는 '통로' 개념의 공간이 바로 심연의 미궁이었던 것.

"심연의 힘을 빌려 만들었으니, 이곳을 심연의 미궁이라 명명하겠다."

그런데 언제부턴가 이 심연의 미궁 안에, '가디언'이 아닌 존재들도 머물기 시작하였다.

'이런 괴물이 대체 왜 여기 있는 거야?'

'악마의 성주 쥬르디'라는 이름을 확인한 이안은, 표정이 굳지 않을 수 없었다.

–악마의 성주 쥬르디 – Lv. 495

'악마의 성주'라는 수식어도 충분히 의미심장했지만, 이안을 당황케 한 것은 당연히 이 쥬르디라는 존재의 레벨.

'아니, 아무리 특수한 퀘스트라고 해도 그렇지, 200레벨대 플레이어 앞에 만렙 괴물을 갖다 놓는 경우가 어디 있어?'

그 탓에 이안은 허탈한 표정이 될 수밖에 없었다.

열심히 투지를 불태워 보려 해도 안 되는 건 안 되는 거다.

아무리 이안이 규격 외의 플레이어라 하더라도, 두 배의 레벨 차이를 극복하는 건 불가능한 일이었으니 말이다.

"아주…… 아주! 아주! 귀찮은 일이 생겼군."

쿵- 쿵-!

거대한 도끼를 등에 짊어지고 나타난 우락부락한 녀석은, 이안의 앞에 다가 서 그를 노려보았다.

"네놈이냐?"

"네?"

"387년 만에 날 일하게 만든 놈!"

"……?"

"96년 만에 날 악마의 성 밖으로 나왔던 나를, 고작 몇 달 만에 또 나오게 만든 놈이, 네놈이냐고 물었노라!"

이안의 시선이, 위협적으로 생긴 쥬르디의 도끼를 향했다.

'무식하네.'

거대한 덩치에 걸맞게 무기의 스케일 또한 어마어마해서, 붉은 빛으로 반짝이는 저 도끼의 도끼날만 하더라도 이안의 상체 크기보다 더 거대할 정도였다.

'저기 찍히면 즉사겠지?'

어차피 이길 수 없는 상대라는 생각에 오히려 마음이 가벼워졌는지, 이제는 긴장된 표정조차 찾아볼 수 없는 이안의 얼굴.

"그거, 저 아닌데요?"

"뭐라!"

"아저씨 부른 적 없으니까, 다시 돌아가면 안 돼요?"

"뭣이……!"

"거, 제발 그냥 좀 지나갑시다. 좋은 게 좋은 거 아니겠습니까?"

덕분에 뇌를 거치지 않고 의식의 흐름대로 쏟아 내는 이안의 대사를 들으며 쥬르디는 적잖이 당황한 얼굴이 되었다.

그 모양을 옆에서 지켜보고 있던 사도 카난의 표정은 거의 사색이 되었고 말이다.

"이, 이안 님……!"

하지만 이미 막 나가기로 생각한 이상, 이안은 전혀 쥬르디의 눈치를 보지 않았다.

'그러고 보니 퀘스트 창도 확인 안 했네.'

새로 나타난 쥬르디라는 무식한 가디언 때문에 당황하여 아직 확인조차 하지 않았던 돌발 퀘스트.

눈앞에서 쥬르디가 씩씩거리든 말든, 심드렁한 표정으로

그것을 읽어 내려가기 시작한 것이다.

악마의 성주 쥬르디의 분노(히든)(돌발)

악마의 성주 쥬르디는, 특별한 마왕이었다.

'응? 마왕이라고?'

마왕이라면 가지고 있어야 할 수많은 욕망 중, '게으름'을 제외한 모든
탐욕을 잊어버린 마왕.
그는 마왕들 중 유일하게 서열에 신경 쓰지 않았으며, 마왕성을 키우는
것에도 관심이 없었다.
쥬르디의 고민은 오직 하나뿐.
어떻게 하면 아무것도 하지 않고 가만히 있을 수 있을지에 대한 끝없는
고찰이었다.

'미친……! 뭐 이런 마왕이 다 있어?'

하지만 모든 '중간자'에게는 저마다 책임과 의무가 부여되는 것이 바로
차원의 순리.
그리고 마왕인 쥬르디에게 부여된 책무는, 바로 악마의 성을 다스리는
일이었다.
물론 쥬르디는 성을 경영하는 것에 아무런 관심이 없었지만 말이다.

……중략……

그러던 어느 날, 쥬르디는 너무나도 솔깃한 사실을 알게 되었다.

그것은 바로 '중간자'가 머물 수 있는 공간 중, 마신들의 간섭에서 벗어

날 수 있는 특수한 공간이 존재한다는 사실.

그 안에 머물면 중간자로서의 위격은 더 이상 성장할 수 없지만, 대신

아주 작은 책무만 지키면 된다고 했다.

그곳이 바로 심연의 미궁이었다.

……중략……

다른 마왕들과 달리 신격에 전혀 관심이 없던 마왕 쥬르디에게 심연의

미궁은 천국이었다.

그에게 주어진 책무는 이 미궁 안에 존재하는 수많은 방들 중 단 한 곳

의 가디언을 관리하는 일이었으며.

심지어 그 관리라는 것도 일이라고 하기 민망한 수준이었으니까.

그가 관리하는 미궁에는 44-4층은, 평균 십 년에 한 번 도전자가 나타나

는 곳이었다.

……중략……

그래서 쥬르디는 분노할 수밖에 없었다.

오늘까지 44-4층을 지키고 있던 가디언 뱀파이어 '카난'은 수백 년 일한

가디언이 소멸한 뒤 고작 몇 달 전에 새로 영입한 녀석이었으니까.

그런 카난이 가디언을 그만두게 되면 또 새로운 가디언을 찾아서 임명

해야 하는데, 이 심연의 미궁 안에서 가장 번거롭고 귀찮은 일을 고작

세 달 만에 또 하게 생긴 것이었으니 말이다.

……중략……

만약 쥬르디의 분노를 풀어 주지 못한다면, 당신은 미궁 44-4층을 지나

지 못할 것이다.

그리고 그의 분노를 풀어 줄 수 있는 방법은 그의 일을 대신 해주는 것

밖에 없을 것이었다.

-퀘스트 난이도 : 알 수 없음

-퀘스트 조건

*쥬르디와의 친밀도를 +1이상 달성.

-보상

*마왕 쥬르디의 도끼

*클리어 등급에 비례하여, 골드와 경험치 획득.

*퀘스트 클리어 실패 시 심연의 미궁 1층으로 회귀.

-거부할 수 없는 퀘스트입니다.

퀘스트를 전부 읽은 이안은 더욱 어이없는 표정이 되었다.

'저 아저씨의 화를 풀어 줘야 한다고? 내가?'

당연히 쥬르디로부터 승리하고 44-4층을 클리어하라는

퀘스트일 줄 알았던 돌발 미션이, 전혀 생각지도 못했던 방

향으로 전개되고 있었으니 말이다.

"아저씨.",

"왜!"

"화났어요?"

Taming
Masks
테이밍마스터
시즌3

"당연하다."

"화 풀면 안 돼요?"

"내가 원래 화를 잘 안 내는 타입인데……."

"……?"

"네놈은 아무래도 화를 돋우는 특별한 재주가 있는 것 같군."

"……."

어처구니없는 것과 별개로, 이안은 다시 머리를 굴리기 시작했다.

'진짜 별 캐릭터가 다 있네.'

어쨌든 이 괴물을 상대로 이기라는 몰상식한 퀘스트는 아니었으니, 다시 의욕은 조금 돌아온 것이다.

'대체 화를 어떻게 풀어 줘야 되는 건데?'

하여 이안은 빠르게 읽어 내려갔던 퀘스트 창을 다시 찬찬히 뜯어보기 시작하였다. 퀘스트에 대한 힌트는 항상 퀘스트 창 안에 있는 법이었으니까.

그리고 잠시 후.

'이 아저씨의 화를 풀어 줄 방법은…… 일을 대신 해 주는 것뿐이라고?'

이안은 어떻게 이 퀘스트를 깨야 할지 감을 잡을 수 있었다.

"아저씨."

"또 뭐냐!"

"아저씨가 화난 이유를 알았어요."

"네놈이 내 심오한 심리 상태를 알았다고?"

"……."

수백 년 동안 빈둥거려서 퇴화해 버린 마왕의 지능 상태에 잠시 당황해야 했지만…….

"아저씨 일하기 싫어서 화난 거잖아요."

"뭐라……!"

"귀찮게 가디언 다시 구해야 하니까."

"……!"

"맞죠? 그거죠?"

결국 해답을 찾아낸 것이다.

"보기보다 똑똑한 녀석이었군."

"……."

결국 이 퀘스트를 클리어하기 위해 이안이 해야 할 일은, 이 심연의 미궁 44-4 층을 지킬 가디언을 쥬르디 대신 구해 와야 하는 것.

'아무래도 가장 간단한 방법은 카난을 다시 가디언으로 세우는 방법인데…….'

하지만 넝쿨째 굴러들어 온 카난을 다시 포기하는 것은 이안에게 있을 수 없는 일이었다.

'그러느니 미궁을 1층부터 다시 깨고 말지.'

그래서 이안은 다시 입을 열었다.

"제가 가디언을 구해 올게요."

"뭐라고?"

그러고는 이렇게 물어보았다.

"그러니까 알려 주세요."

"뭘?"

"가디언, 어디서 구해 오면 되는데요?"

심연의 비밀

띠링-!

-마왕 쥬르디의 분노 지수가 20%만큼 감소되었습니다.

마왕 쥬르디는, 정말로 단순한 NPC였다.

'캐릭터 콘셉트 확실해서 좋네.'

이안이 대신 '일'을 해 주겠다는 말을 꺼내자마자, 만면에서 이글이글 뿜어져 나오던 분노가 눈에 띄게 사그라든 것이다.

"정말 네가 가디언을 구해 오겠다는 거지?"

"그렇습니다, 쥬르디."

"흐음…… 조금 못 미덥기는 한데……."

아마 분노 지수가 20%밖에 줄어들지 않은 이유는, 이안의 말을 아직 신뢰하지 못했기 때문일 터.

"일단 시켜 보시죠. 그 뒤에 판단하셔도 손해 볼 거 없지 않습니까."

"큼, 그렇게까지 말한다면야……."

그래서 이안은 확신했다.

─조건이 충족되었습니다.

─연계 히든 퀘스트, '심연의 비밀'이 발동합니다.

'오호, 심연의 비밀이라……?'

이 게을러터진 마왕이 준 이 후속 연계 퀘스트까지 수락한다면, 그것만으로도 추가로 분노 지수가 하락할 것이라고 말이다.

'그렇다고 무작정 수락할 수는 없지.'

이안은 새로이 얻은 히든 퀘스트를 다시 느긋하게 읽어 내려갔다.

히든 퀘스트이다 보니 어지간하면 트라이해 볼 생각이지만, 그렇다 해도 득실은 따져 봐야 한다.

퀘스트의 난이도와 미궁을 1층부터 재등반하는 것의 난이도 사이에서 일단 저울질을 해 봐야 했고.

만약 이 퀘스트의 난이도가 더 높다면, 그 차이를 메꿔 줄
만큼 퀘스트 보상이 충분한지 생각해 봐야 했으니까.

'흐음.'

그런 이안의 생각을 읽기라도 한 것인지 마왕이 으름장을
놓았지만.

"설마 가디언을 구해오는 게 쉬울 거라고 생각한 건 아니
겠지, 애송이?"

이안은 신경조차 쓰지 않고 퀘스트 내용에 집중하였다.

심연의 비밀(히든)(연계)

칠흑과 어둠의 상징이자 태고와 생명력의 상징인 심연.

이 심연의 힘으로 창조된 심연의 미궁 안에는, 태초부터 그 힘을 먹고
자란 강대한 존재들이 자생하고 있었다.

……중략……

그들은 순수에 가까운 심연의 힘 안에서 태어난 만큼, 영혼이 가진 위격
에 비해 훨씬 더 강력한 힘과 생명력을 지니게 된 괴물이었고…….

……중략……

그래서 신들은 이 심연 속에서 태어난 존재들이, 지상계를 어지럽힐 수
없도록 미궁에 금제를 걸어 두었다.

……중략……

그 때문에 이 심연의 존재들은, 미궁의 각 층을 관리하는 중간자들에게
더 없이 훌륭한 가디언의 재목이었다.

미궁의 가디언이 항상 심연 속에서 태어난 존재일 필요는 없었지만, 가디언이 되기 위한 최적의 조건을 가지고 태어난 존재들이 바로 이 심연의 존재들이었던 것이다.

……중략……

하여 쥬르디는 당신에게, 이 '심연의 존재'들에 대한 정보를 알려 주기로 하였다.

그들 중 미궁 44-4층의 가디언으로 손색이 없을 만큼 강한 존재를 길들여 온다면…….

당신은 마왕 쥬르디로부터 충분한 호감을 살 수 있을 것이었다.

퀘스트 난이도 : SSS

퀘스트 조건

*44-4층의 전투력 조건을 충족한 가디언 획득.

제한 시간 : 720분

보상

*심연의 지도

*클리어 등급에 비례하여, 골드와 경험치 획득.

*퀘스트 진행 중에 획득한 소환수.

퀘스트 창을 전부 다 읽은 이안의 눈빛이 어느새 달라져 있었다.

'심연의 존재? 획득?'

이안이 어떤 유저였던가.

세계 랭킹 1위 등 수많은 화려한 타이틀을 가진 그였지만.

그 모든 수식어 이전에 이안이라는 유저를 떠올릴 때 가장 먼저 떠오르는 단어는 바로 소환술사.

소환술사 클래스와 관련된 퀘스트라면 그 누구보다 다양하게 경험한 유저가 바로 이안이었으며.

때문에 그는 퀘스트를 절반도 읽기 전에 알아차릴 수밖에 없었다.

'이게 얼마만에 포획 퀘냐.'

'포획'이라는 단어 대신 '획득'이라는 단어가 들어가 있었지만, 이안은 확실하게 알 수 있었다.

'소환술사가 히든 포획 퀘를 포기한다고? 있을 수 없는 일이지.'

카일란에서 항상 보상은 난이도에 비례한다.

그러니까 이 트리플 S등급 난이도의 퀘스트가 히든 포획 퀘라면…….

그 보상이 될 포획 가능 소환수도 난이도에 걸맞는 녀석일 수밖에 없다는 얘기였다.

"그러니까…… 이 심연 안에 서식하는 존재를 포획해서 가디언으로 전직시키면 된다는 거잖아요?"

"음, 그……렇지?"

반짝반짝 눈을 빛내는 이안을 보며, 쥬르디는 알 수 없는 위화감에 몸을 부르르 떨었다.

'이놈 좀 이상한데…….'

심연의 존재들은, 퀘스트 정보에 수식된 대로 '괴물'들이다.

그런 괴물들을 길들여서 가디언으로 만드는 것은, 무려 '마왕'인 그에게도 쉽지 않은 일.

이 내용을 보고 오히려 표정이 밝아진 이안의 모습을, 쥬르디는 이해할 수 없었던 것이다.

"심연을 먹고 자란 녀석들은…… 괴물이야. 말 그대로 괴물이지."

"그렇겠죠, 뭐."

"무섭지 않은가?"

쥬르디의 질문에, 이안이 심드렁한 표정으로 대꾸했다.

"마왕님이 도와주시겠죠, 뭐."

"내 도움은 녀석들의 서식지를 알려 주는 정도까지야. 그 괴물들을 길들이는 건 자네가 해야 할…….'

"괴물들이 얼마나 센데요?"

"개중에는 나조차 상대할 수 없는 녀석도 있지."

쥬르디는 이안의 겁먹은 표정을 보고 싶었는지 으름장을 놓았지만…….

"오, 그건 좀 의외네요."

퀘스트를 이미 훤히 꿰뚫고 있는 이안에게, 그런 겁주기가 통할 리는 없었다.

"하지만 어차피, 그렇게 센 녀석을 잡을 필요는 없잖아요?"

"······?"

"여기 카난이랑 비슷한 전투력을 가진 녀석 정도만 데려오면 될 것 같은데."

"그······야 그렇지."

민망한지 뒷머리를 긁적이는 쥬르디를 한차례 응시한 이안은, 저도 모르게 히죽 웃을 수밖에 없었다.

'쥬르디의 말대로라면, 마왕보다 센 소환수가 이 심연 안에 존재한다는 거잖아?'

사실 이안은 이미 마왕보다도 강력한 소환수들을 부려 본 경험이 있다.

일단 신화 등급이었던 신룡들만 해도, 이안이 중간자로서 활약할 즈음엔 어지간한 마왕보다 강력한 전투력을 가지고 있었으니까.

하지만 그때는 그때고 지금은 지금이다.

그리고 소환술사에게 소환수 욕심이란 끝도 없는 게 당연한 법이었다.

"그러니까 얼른 정보나 좀 줘 보시죠."

"정보?"

이안이 고개를 끄덕이며 말을 이었다.

"서식지 알려 주신다면서요."

너무도 의욕적인 표정이 된 이안을 보며, 떨떠름한 표정이 된 쥬르디가 품속을 뒤적거렸다.

"흐음……. 이거면 되겠지."

이어서 그의 품속을 빠져나온 물건은, 지금 이안에게 그 어떤 물건보다도 필요한 아이템!

띠링-!

　-'심연의 지도(전설)'를 획득하셨습니다.
　-퀘스트에 실패할 시, 해당 아이템은 소멸됩니다.

잽싸게 그것을 낚아챈 이안의 입가에는 더욱 함지박만 한 미소가 걸렸고…….

"크!"

그런 그를 향해 쥬르디가 못마땅한 표정으로 한마디 덧붙였다.

"마음에 드는 가디언을 데려오지 못한다면, 그 지도는 다시 압수야. 알겠나?"

"물론이죠!"

이어서 쥬르디는 고개를 절레절레 흔들며, 손을 획획 내저었다.

"그럼 얼른 가 보라고. 가디언을 길들이는 게 얼마나 어려운 일인지는, 직접 경험해 봐야 알 수 있는 법이지."

쥬르디는 이안이 아직 미덥지 못한지, 구시렁거리며 심연 속으로 걸어 들어갔다.

하지만 해야 할 일을 일단 미룬 덕분인지, 처음 등장할 때보다는 많이 누그러진 표정.

"좋아."

그의 뒷모습을 잠시 응시하던 이안은, 히죽히죽 웃으며 지도를 펼쳐 보았다.

'심연의 지도라니, 이건 분명히 미궁의 지도겠지?'

이안의 예상이 맞다면, 이 물건은 미궁 클리어 퀘스트까지 날로 먹을 수 있게 해 줄 아주 소중한 보물!

'그럼 44층 이후로는 헤맬 필요도 없겠고……'

하지만 지도를 펼친 순간.

"……!"

이안은 잠시 시무룩해질 수밖에 없었다.

"치사한 LB사 놈들."

그가 예상했던 대로 '심연의 지도'라는 것은 이 미궁의 지도가 맞았지만.

　

－클리어하지 못한 필드의 정보는 열람할 수 없습니다.
－클리어하지 못한 필드의 정보는 열람할 수 없습니다.
－해당 정보는 잠금 상태입니다.
……중략……

　

이 지도는 이안이 지나온 길에 대한 정보만 표시해 주는,

아주 더럽고 치사한 기능이 포함되어 있는 아티팩트였던 것이다.

"쳇."

그러면 지도가 무슨 의미가 있냐고 반문할 수도 있겠지만, 사실 그건 아니다.

이미 클리어한 필드라고 해도 이안은 지나온 모든 필드의 정보를 알고 있지는 않았으니까.

그러니까 이 심연의 지도에서 얻을 수 있는 가장 큰 정보는……

-심연의 미궁 9-1층

-서식 몬스터 : 셀피시

-심연의 미궁 13-3층

-서식 몬스터 : 마그마피시

-심연의 미궁 15-2층

-서식 몬스터 : 디르샤크

……중략……

-심연의 미궁 23-4층

-서식 몬스터 : 옥토퍼스

-심연의 미궁 31층

-서식 몬스터 : 플루스티아

이안이 지나온 모든 층의 서식 몬스터를, 한눈에 알 수 있다는 부분이었다.

"아니 이렇게 서식 몬스터가 많았다고?"

그리고 이안은 이 사실을 믿을 수 없었다.

심연의 방이 제각기 꽤 넓은 편이긴 해도, 이안은 미궁을 돌파하면서 이 지도 안에 명시되어 있는 존재들 중 하나라도 만난 적이 없었으니까.

"이게 말이 돼?"

물론 이안이 군이 미궁 안에서 뭔가 찾으려고 노력한 적은 없었지만.

그렇다 하더라도 한 번도 못 봤다는 말은, 포획 대상을 찾는 난이도 자체가 결코 쉽지 않을 것이라는 이야기.

'하, 불길한데…….'

그런데 이렇게 투덜대던 이안의 시선은, 잠시 후 어딘가에 고정될 수밖에 없었다.

─심연의 미궁 37-1층

그곳에는…… 이안에게 꽤나 익숙한 몬스터의 이름이 박혀있었으니 말이었다.

─서식 몬스터 : 서리 뿔 누크

뿍-!

저도 모르게 나지막이 입가를 비집고 새어 나간 소리에, 뿍뿍이는 화들짝 놀라 딸꾹질을 할 수밖에 없었다.

딸꾹-!

어두운 심연 속 작은 균열.

그 사이에서 결국 믿을 수 없는 광경을 목격하고야 만 뿍뿍이!

'이, 이게 무슨 일이냐뿍. 내가 헛것을 본 게 분명하다뿍.'

혹여나 자신이 낸 소리가 저 안으로 흘러들어 갔을까 하여 등껍질 속으로 전광석화처럼 숨었던 뿍뿍이는, 얼마 지나지 않아 다시 머리를 빼꼼 내밀었다.

뿌……욱.

그리고 뿍뿍이의 두 눈은, 다시 균열 사이로 향해 있었다.

정확히는 그 안쪽에서 낡은 두루마리를 정신없이 읽고 있는, 한 남자의 얼굴로 향해 있었다.

'대체 주인이 왜 여기 있는 거냐뿍. 이건 뭔가 잘못됐뿍!'

뿍뿍이에게 자유와 평화(?)를 선사했던 현명한 고룡 드라키시스.

그는 분명히 뿍뿍이에게 약속했었다.

-뿍뿍이, 그대는 '심연의 미궁'에서 때를 기다리도록 하라.

-뿍?

-때가 되면 그대에게도 운명이 찾아갈 것이니라.

-그때는 언제 오냐뿍.

-그대의 영혼의 주인이, 몇 가지 시험을 무사히 마치면 찾아올 게다.

주인에게 최대한 어려운 시험을 내려, 뿍뿍이의 자유를 최대한 오래 보장해주기로 약속했던 것이다.

-부탁이 하나 있뿍.

-뭔가?

-그 시험이라는 거……. 최대한 어렵게 내 줘라뿍.

-흐음. 좋다. 반영하도록 하지.

하지만 이렇게 뿍뿍이가 있는 심연까지 주인이 찾아온 것을 보면, 그 '때'라는 것이 거의 다 왔다는 합리적인 의심이 들 수밖에 없는 것.

'도, 도망쳐야 한다뿍.'

등껍질에서 튀어나온 뿍뿍이는, 짧은 다리를 놀려 허둥지둥 어디론가 향하기 시작하였다.

마왕 쥬르디로부터 받은 이번 퀘스트는, 표면적으로 보면 무척이나 단순했다.

'조건에 충족만 된다면 뭘 잡아도 상관없는 자유도 높은 퀘스트지.'

심연의 미궁 44-4층의 가디언이 될 수 있는 수준의 준수한 전투력을 가진 몬스터.

딱 이 조건을 충족하는 몬스터를 포획해 데려가면 되는 퀘스트.

하지만 아이러니하게도 이 높은 자유도 때문에, 이안은 퀘스트에 한 가지 아쉬움이 생겼다.

'시간제한만 좀 더 길었으면 좋았을걸.'

자유도가 높은 만큼, 시간제한만 없었더라면 이 미궁 지도를 활용하여 다양한 소환수를 포획해 볼 수 있었을 테니 말이다.

이안이 만족할 만큼 뛰어난 몬스터가 많다면, 오랜만에 포획 노가다까지도 해봄 직했을 터.

'좋은 소환수는 많으면 많을수록 좋지.'

물론 퀘스트를 클리어한 뒤에 포획 노가다를 하면 되지 않느냐고 생각할 수도 있다.

이안도 처음에는 그렇게 생각했으니까.

다만 미궁 안에서 다른 방으로 이동할 때마다 이안의 눈앞
에 떠오르는 이 시스템 메시지가 문제라고 할 수 있었다.

띠링-!

-심연의 미궁 37-1층에 입장하였습니다.
-이미 클리어한 관문입니다.
-'심연의 비밀(히든)(연계)' 퀘스트를 진행 중입니다.
-조건이 충족되었습니다.
-심연 속에 서식하는 몬스터와 조우할 수 있습니다.

'심연의 비밀' 퀘스트를 진행 중이라는 문구와 함께, '조건
이 충족되었다'고 알려 주는 시스템 메시지.

이 메시지로 미루어 볼 때, 이 심연 속에 서식한다는 강력
한 몬스터들은 심연의 비밀 퀘스트를 진행 중일 때만 조우가
가능한 녀석들일 터였다.

"그러니까 내가 미궁을 등반하는 동안 심연의 몬스터를 한
번도 만난 적이 없었던 거겠고……."

입맛을 다신 이안은, 필드를 한차례 둘러본 뒤에 시선을
힐끔 돌렸다.

-시간제한 : 702분

첫 번째 목적지에 도착한 지금, 이안이 소요한 시간은 약 18분.

'700분이라……. 적은 시간은 아니지만…….'

시간제한이 열두 시간이라는 건, 그만큼 많은 시간을 소요하게 될 확률이 높은 퀘스트라는 것.

그 시간을 얼마나 아껴서 퀘스트 외적인 소득을 얻어 내느냐가, 이안에겐 관건이라고 할 수 있었다.

"최대한 아껴 봐야지."

언제나 그렇듯 이안의 머릿속엔, 퀘스트 실패라는 경우의 수는 존재하지 않았으니 말이다.

뿍- 뿍-!

뿍뿍이는 짧은 다리를 쉴 새 없이 움직였다.

'최대한 빨리 여기를 빠져나가야 한다뿍.'

이 베리타스 차원계에 온 이후.

뿍뿍이는 단 한 번도 3초에 한 걸음 이상 움직여 본 적이 없었다.

마왕 쥬르디와 빈둥거리는 것으로 내기를 한 적도 있을 만큼 경쟁적으로 게으름을 과시했던 뿍뿍이.

하지만 지금 뿍뿍이는 말 그대로 전력 질주를 하고 있었다.

뿍- 뿍- 뿌뿍-!

아침에 섭취한 심연초들이 뱃속에서 아우성을 치고 있었
지만 어쩔 수 없었다.

괜히 머뭇거리다가 이안에게 발각이라도 당하면, 다신 이
런 호사스러운(?) 생활을 누릴 수 없게 될 테니 말이다.

'뿍. 조금만 더 가면 시공의 틈이다뿍.'

뿍뿍이는 게을렀지만, 그래도 이 심연의 미궁만큼은 손바
닥 보듯 훤히 꿰고 있었다.

미궁 곳곳에 서식하는 별미를 섭취하는 것이야말로, 심연
생활의 가장 큰 낙이었으니 말이다.

뿌뿍!

그래서 뿍뿍이는 이 미궁 바깥으로 나가는 길도 잘 알고
있었다.

띠링-!

─심연의 미궁 46-4층에 입장하였습니다.

그 길이란 바로, 심연의 미궁 가장 깊숙한 곳에 있는 50층,
시공의 틈.

물론 1층에도 바깥으로 통하는 통로가 존재하지만, 그곳
으로는 나갈 수 없다.

뿍뿍이는 지금 중간자의 위격을 가진 상태였으니, 지상계

와 이어진 1층으로는 나갈 수 없는 것이다.

그래서 뿍뿍이는 지체 없이 도주로(?)를 결정하였고.

이안의 눈을 피해 엉금엉금 기어가고 있었다.

'평소에 운동이라도 해 둘 걸 그랬뿍. 다리가 너무 무겁
뿍.'

드래곤으로 폴리모프한다면 훨씬 빠르게 이동할 수 있겠
지만, 그랬다가는 이안에게 걸릴 것만 같았다.

그 거대한 덩치로 미궁을 돌아다니면 이목이 집중되지 않
을 수 없을 테니까.

그래서 뿍뿍이는 땀을 삐질삐질 흘리며 쉬지 않고 움직였
다.

─심연의 미궁 47-2층에 입장하였습니다.

뿌뿍─ 뿍─ 뿍─!

조금만 더 가면, 50층 고지가 보일 터였다.

이안의 기억 속 서리 뿔 누크는 강력했다.

지금의 이안이 혼자서는 어지간하면 상대하기 힘들 정도
로 말이다.

그럼에도 이안이 서리 뿔 누크를 첫 번째 타깃으로 삼은 데에는 몇 가지 이유가 있었다.

첫 번째 이유는 서리 뿔 누크가 이미 상대해 본 적 있는 몬스터라는 점.

녀석의 모든 고유 능력과 전투 패턴은 전부 다 이안의 머릿속에 기억되어 있었고.

그 정보는 녀석을 길들이는 데 커다란 도움이 될 게 분명했으니 말이다.

'여차하면 도망치면 돼. 눈보라 습격을 캐스팅하기 시작할 때 몸을 빼면……. 충분히 도주할 시간은 벌 수 있을 테니까.'

두 번째 이유는 녀석이 당시에 광산 안에서 만났을 때보다는 약할 수밖에 없다는 분석.

거대한 냉기의 집결지였던 광산과 달리 이곳 심연은 냉기와는 거리가 먼 필드였고.

그렇다면 녀석이 사용하던 모든 고유 능력의 위력이 꽤 반감될 수밖에 없다고 판단한 것이다.

'전투 스텟 자체가 얼마나 차이 날지 정확히는 알 수 없지만, 필드가 다르다는 것만으로도 상대하기 훨씬 더 수월한 게 당연하지.'

그리고 가장 중요한 마지막 이유는, 퀘스트의 빠른 클리어 때문.

'이 녀석을 포획하는 데 성공하기만 한다면, 퀘스트는 무조건 클리어일 수밖에 없으니까.'

이안이 기억하는 서리 뿔 누크의 전투 스텟은, 카난보다 무조건 더 높았으니 말이었다.

'고유 능력을 비롯한 모든 측면을 다 따지면 카난이 더 강할지도 모르지만, 전투 스텟은 무조건 누크가 더 높을 거야.'

카난이 강력한 이유가 뱀파이어 일족 특유의 까다로운 고유 능력들 때문이라면, 누크의 강함은 무식한 스텟에서 나오는 것이었고.

이안은 가디언의 자격을 결정하는 전투 능력이라는 게, 스텟 비례일 확률이 상당히 높다고 생각하고 있었다.

우우웅-!

－조건이 충족되었습니다.
－심연 속에서 '서리 뿔 누크'의 기운이 느껴집니다.

그런데 결과적으로 이안의 이 계산들은, 절반 정도만 맞아떨어졌다.

－'서리 뿔 누크'에게 치명적인 피해를 입혔습니다!
－소환수 '진조 에스텔'이, '서리 뿔 누크'를 '공포' 상태로 만들었습니다.

－소환수 '사도 카난'이, '서리 뿔 누크'를 제압하였습니다.

－'서리 뿔 누크'를 성공적으로 포획하셨습니다!

심연 속에서 만난 서리 뿔 누크는 이안이 기억하고 있던 것보다 훨씬 더 약했으니 말이다.

'뭐야. 뭐 이리 싱거워? 이 정도면 가디언으로 못쓰겠는데?'

그리고 함께 전투했던 카난이 이안의 그러한 예상을 확인시켜 주었다.

"아마 이런 정도의 녀석으로는, 44층의 가디언 자격이 충족되지 않을 겁니다, 이안 님."

"역시 그렇겠지?"

"이 녀석이 가디언으로 중용될 수 있는 층 수는, 30층대가 한계일 것 같군요."

"흐음, 이러면 나가리인데……."

이안의 예상보다 녀석이 약했던 이유는 단순했다.

'아, 레벨이 낮네.'

영혼의 위격이야 이안이 만났던 서리 뿔 누크와 비슷하다 할지라도, 지상계 레벨이 훨씬 더 낮은 녀석이었던 것이다.

"흐음."

그렇다고 이 서리 뿔 누크라는 녀석이 이안이 소환수로 쓸 만큼 매력적인 녀석도 아니었다.

이안은 무식하게 힘만 센 소환수보다 다양한 고유 능력과 유틸성을 가진 소환수를 선호했으니 말이다.

그래서 무려 30분이나 되는 시간을 날려 먹은 이안은 우울한 표정이 되었고.

"방생해야 하나?"

그렇게 고민에 빠진 이안을 향해, 카난이 천천히 다시 입을 열었다.

"40층대에 서식하는 녀석들을 찾아보시는 게 좋을 것 같습니다."

"음?"

"층 수가 높아질수록 심연의 기운도 더 강력해지니, 더 강한 개체가 서식할 확률이 높으니까요."

"……!"

카난의 말을 들은 이안이 억울한 표정이 되어 말했다.

"아니, 그걸 왜 이제 말해 줘!"

"물어보지 않으셨습니다."

"……."

어떻게 생각하면 너무 당연한 이치였지만, 반대로 너무 뻔해서 아닐 것이라고 생각했던 부분이었으니 말이다.

'LB사가 그렇게 단순하게 필드를 짜 놨을 리가 없는데.'

그래서 이안은 카난을 향해 한 번 더 물어보았다.

"그럼 무조건 고층에 서식하는 개체가 상위 개체인 거야?"

'강력한 개체'라는 것과 '상위 개체'라는 워딩은 조금 다른 의미를 갖는다.

희귀 등급이나 유일 등급의 몬스터라 하더라도, 레벨이 훨씬 더 높다면 전설 등급 몬스터보다 강력할 수도 있는 것이었으니까.

그러니까 당장 44-4층의 가디언으로 진상(?)해야 하는 녀석은 희귀도나 가능성과 별개로 순수하게 스텟이 높은 녀석이어야 했다.

하지만 이안이 개인적으로 포획하고 싶은 녀석은 무조건 희귀도와 잠재력이 높은 녀석이어야 했다.

"음……."

이안의 그 질문을 정확하게 이해한 카난이, 고개를 절레절레 저으며 대답하였으며…….

"그건 아닙니다, 이안 님."

"그래?"

이어진 대답을 들은 이안의 두 눈은 반짝일 수밖에 없었다.

"제가 기억하기로 미궁의 30층 전후에는, '용족'이 서식하고 있으니까요."

"응……? 드래곤?"

"그렇습니다."

카난의 말을 듣자마자 이안의 머릿속에 가장 먼저 떠오른 것은, 이 미궁에 처음 들어왔을 때 확인했던 메시지였다.

　　─신화 퀘스트 '심연의 주인'을 수령하였습니다.

　아직 퀘스트 내용조차 봉인되어 있어 확인하지 못한 퀘스트였지만, 보자마자 '뿍뿍이'와 관련된 퀘스트일 것이라고 생각했던 '심연의 주인' 퀘스트.
　그래서 관문을 통과할 때마다 뿍뿍이와 관련된 단서를 계속 찾던 이안은, 카난의 말을 들은 순간 퍼즐이 하나 맞춰지는 기분이었다.
　'심연. 그리고 드래곤. 뿍뿍이와 관련된 단서가 드디어 나온 건가?'
　이안은 본능적으로 확신했다.
　이 '심연의 비밀' 퀘스트를 클리어하기 전에, 무조건 30층 대에 서식한다는 그 용족을 찾아내야 한다고.
　"카난, 너 혹시 뿍뿍이라고 알아?"
　"뿌…… 뭐라고요?"
　"아, 아냐. 모르면 됐어."
　만약 카난이 말한 그 용족이 뿍뿍이가 아니더라도 상관없다.
　이 심연의 힘 속에서 성장한 강력한 괴수가 용족이라면, 그것만으로도 무조건 이안의 컬렉션에 필요한 녀석임이 틀

림없었으니까.

"흐음, 그러면 계획을 좀 수정해서……."

그래서 이안은 더욱 의욕적인 표정이 되었다.

'일단 40층대를 뒤져서 가디언이 될 만한 녀석을 포획한 다음, 30층대로 내려가서 샅샅이 털어 봐야겠어.'

뿍뿍이에 대한 기대든 미지의 용족에 대한 기대든.

무엇이 됐든 그것은 이안을 싱글벙글하게 만들고도 남을 만한 먹음직스러운 떡밥이었다.

다음 권으로 이어집니다

꿈의 도약, 로크에서 하십시오
(주)로크미디어에서 신인 작가를 모십니다

즐거운 세상, 로크미디어는 꿈을 사랑하고 도전을 두려워하지 않는 작가 분들의 참신한 작품을 기다리고 있습니다. 21세기 장르 문학계를 이끌어 갈 차세대 선두 주자 (주)로크미디어에서 여러분의 나래를 활짝 펴 보시길 바랍니다.

모집 분야 판타지와 무협을 포함한 장르 문학
모집 대상 아마추어 작가, 인터넷 작가
모집 기한 수시 모집
작품 접수 시 유의 사항
1. 파일명은 작가명_작품명.hwp형식을 갖춰 주십시오.
1. 파일에 들어갈 내용은 다음과 같습니다.
   - 성명(필명인 경우 실명을 밝혀 주세요), 연락처, 이메일 주소
   - 제목, 기획 의도
   - A4용지 1장 분량의 등장인물 소개
   - A4용지 2장 분량의 전체 줄거리
   - 본문
1. 작품이 인터넷에 연재되고 있다면, 게시판명과 사이트의 구체적이고 정확한 주소를 기재해 주십시오.

선택된 작품은 정식 계약 후 출판물로 간행되어 전국 서점에 유통됩니다.
작가 분은 (주)로크미디어의 전폭적인 지원하에 전속 작가로 활동하시게 됩니다.
※ 자세한 내용은 로크미디어 홈페이지(rokmedia.com)를 참조하세요.

(03920)서울시 마포구 성암로 330 DMC첨단산업센터 3층 318호
(주)로크미디어 편집부 신간 기획 담당자 앞
전화 : 02) 3273-5135
www.rokmedia.com   이메일 : rokmedia@empas.com